ATRIUM

ALEJANDRO GUERRERO BORGIA

Título original: ATRIUM

NUMERO REGISTRO SAFE CREATIVE: 1508034806401

Maquetado Fotografía de portada y contraportada: ALG

Revisión suplementaria del texto: RJA

ISBN: 9788468668185

EDICION: S2315

Sello: Independently published

LIBRO NO RECOMENDADO PARA MENORES DE 18 AÑOS

Dedicatoria:

A los que confiaron en mí y a los que no lo hicieron, pero después me apoyaron para hacer este sueño realidad.

A los que me ayudaron a construir la historia de mi vida y a los que siguen haciéndolo.

Nada es imposible con perseverancia.

ÍNDICE

CAPÍTULO I: DANIEL 1

CAPÍTULO II: MYRIAM 8

CAPÍTULO III: ELSA 19

CAPÍTULO IV: DANIEL 27

CAPÍTULO V: LAURA Y ALEX.................35

CAPÍTULO VI: DANIEL 42

CAPÍTULO VII: MYRIAM 53

CAPÍTULO VIII: LAURA.....................59

CAPÍTULO IX: DANIEL 67

CAPÍTULO X: MYRIAM.....................76

CAPÍTULO I: DANIEL

Me miré en el espejo de la habitación por última vez. Me había puesto los zapatos más elegantes que tenía, un pantalón de traje negro, un cinto del mismo color y una camisa blanca. Aún era primavera, así que había decidido dejar la chaqueta sobre la cama. Metí el currículum que había impreso en un portafolio y salí de casa presa de los nervios. Ojalá me sonriera la suerte por una vez, ya llevaba más de dos años sin trabajo. Había hecho unas cuantas entrevistas después de terminar la ingeniería, pero siempre había alguien más preparado o dispuesto a trabajar por menos salario. El poco dinero que ganaba por aquel entonces era el que me proporcionaba el Atrium. Los ingresos de aquel bar eran lo único que me permitían no tener que volver a casa de mis padres.

Llegué caminando a la entrada de la Facultad de Filosofía. Era un edificio bastante nuevo y casi todas las ponencias que promovían las empresas se realizaban en su salón de actos. Al pie de las escaleras pude distinguir a Myriam esperándome, llevaba un vestido de flores de tonos claros, muy acorde con aquella época del año. La fina tela se le pegaba provocadoramente envolviendo cada curva de su cuerpo y su cabello rubio y ondulado le caía insinuante sobre los hombros resaltando su generoso escote. Enfrente de ella, se encontraba un hombre corpulento de cabello oscuro. Iba ataviado con un traje negro, acompañado de una corbata azul.

—Hola Myriam —saludé mientras le daba dos besos.

—¡Ya estás aquí Daniel! Mira, te presento a mi padre, Carlos.

—Encantado muchacho —me dijo aquel hombre mientras me estrechaba la mano de forma afectuosa—. Tengo que entrar ya, os veo luego.

Carlos desapareció escaleras arriba y yo me quedé con Myriam. Sus ojos azules brillaban con intensidad debido a la luz del sol y me regaló una sonrisa cálida.

—¿Por qué estás tan contenta? —pregunté.

—Me ha dicho mi padre que hay bastantes posibilidades de que te contrate.

—Pero si todavía no me ha entrevistado —contesté.

—Ya, pero le he dicho que eres un gran amigo y con eso es suficiente. Vamos dentro.

Me agarró de la mano y me arrastró hacía la puerta de la facultad. La sala estaba abarrotada, así que nos sentamos en las butacas del fondo. La ponencia trataba sobre las energías renovables y duró algo más de dos horas. Tuve que despertar a Myriam en un par de ocasiones durante la presentación, pero cuando terminó se volvió a animar.

—Ven, déjale el currículum a mi padre y vamos al bar, que llegamos tarde.

Carlos volvió a saludarme apretando mi mano de manera efusiva y me deseo suerte. Mi amiga se despidió con un beso y tiró de mí fuera del salón de actos.

—¿Quieres dejar de llevarme a todos los lados? —pregunté riendo.

—¡Claro! Lo mismo Ana nos ve y se piensa que estamos liados —me contestó.

—Mira que eres mala, no creo que tenga una novia celosa.

—Además, tengo que contarte algo importante, y tiene que ser antes de llegar al Atrium.

La miré intrigado, pero no me dijo nada más. Llevaba unos días esquivándome en el bar, sin embargo, hoy parecía más animada. De pronto, una chica morena nos abordó justo antes de atravesar la puerta de salida.

—¡Hola! —saludó cogiendo a Myriam por la cintura.

—¡Elsa! ¿Qué haces tú por aquí? —preguntó mi amiga sorprendida.

—He venido a la sala de estudio, ya sabes que en medicina no se puede estar —contestó la muchacha sonriendo.

Era la primera vez que veía a aquella chica y sentí que no sería la última. Era morena, con el pelo largo, pero lo que más me llamó la atención fueron sus grandes labios carnosos y su espectacular cuerpo, delgada y con un busto generoso. Llevaba una camiseta holgada con unos vaqueros desgastados, y pese a que la combinación de ropa no le era muy favorecedora, me di cuenta de que era la típica chica que nunca pasaba desapercibida. Después de observarla con detalle durante unos cuantos segundos las palabras de Myriam me devolvieron a la realidad.

—Si, la verdad es que la sala de medicina está siempre llena. Mira, te presento a un amigo, Daniel. Trabaja conmigo en el Atrium.

Elsa me dio dos besos y noté su piel fría pero suave rozando mis mejillas. Tenía un aroma dulce, aunque sin llegar a ser empalagoso.

—¿Por qué no te pasas luego por el bar? Te invito a una copa y así desconectas un poco —le propuso Myriam.

—¿Un miércoles? ¡Qué va! Tenemos los finales en dos meses y tú pensando en fiestas —contestó Elsa riendo nerviosa.

¿Estaba así por mi presencia? O quizás, es que había notado mi mirada inquisitiva sobre su cuerpo. Aun así, no parecía sentirse ofendida.

—Bueno, pues lo dejamos pendiente para otro día. Nos tenemos que ir, que llegamos tarde —dijo mi amiga mientras me cogía de la mano otra vez.

—¡Qué chica! —Suspiré—. ¡Ni que fuera de tu propiedad! — dije mientras le guiñaba un ojo a Elsa quien no pudo evitar ocultar su sonrisa.

No aguanté más de veinte pasos sin indagar sobre su amiga.

—¿Quién es? —Pregunté con una sonrisa intentando parecer inocente.

—Mucho estabas tardando —contestó riendo—. Es una compañera de medicina. Pero tiene novio, así que no te hagas ilusiones.

—Y yo tengo a Ana —le contesté algo molesto.

—Es maja, sin embargo, creo que tiene una vida complicada. Hasta dónde yo sé, trabaja para pagarse la carrera y medicina no es precisamente barata.

—¿Y eso?, ¿no le ayudan sus padres? —pregunté.

—Pues no lo sé, vive con su novio y no sale nunca de fiesta. Venga, deja de preguntarme por ella y escúchame, que necesito contarte algo.

—Lo siento, pero es que me ha impresionado, nada más.

La cara de Myriam cambió en un instante y pasó de estar alegre y contenta a ponerse seria. No sabía qué le había pasado, pero si ella estaba preocupada debía de ser por algo importante. Siempre me había demostrado tener bastante madurez para afrontar los problemas. Además, solía ser ella la que me aconsejaba a mí.

Me detuvo delante de un semáforo y me miró a los ojos:

—Todo lo que te voy a contar debe quedar entre nosotros, aún no tengo decidido qué hacer.

—¿A quién se lo iba a decir? Ya sabes que puedes confiar en mí.

Tomó aire para por fin desvelar aquello que la atormentaba, pero cuando empezó a hablar nos interrumpieron.

—¡Myriam! —gritó alguien desde un coche.

Pablo, el novio de mi amiga, había aparecido en el peor momento. Estaba preocupado por ella y ahora, además, me quedaría sin saber qué le pasaba.

—¿Vais al bar? Venga, que os acerco. Tengo que pasar por allí.

Entramos en el coche y yo me senté en la parte trasera. Era un Audi TT de tres puertas. Myriam saludó a Pablo con un beso en la boca y yo le di un apretón de manos.

—Menos mal que te hemos encontrado, ya íbamos tarde —dijo mi amiga.

Con aquel comentario supuse que no quería continuar con nuestra conversación delante de su novio, así que saqué mi móvil y no dije nada más durante todo el trayecto.

Pese a ir en coche llegamos al Atrium un poco más tarde de las siete y Laura ya estaba allí, era la otra camarera que trabajaba en el bar. Tenía poco más de veintitrés años y el cabello castaño claro, casi rubio, pero con algún tono oscuro que le hacía más atractiva. Le caía justo por debajo de los hombros y sus ojos eran de un verde intenso. Al contrario que Myriam apenas tenía pecho, y estaba bastante delgada. Físicamente se complementaban extraordinariamente bien.

Nos recibió con dos besos y se fue a buscar a Samuel, el dueño del bar, que tenía que contarnos alguna novedad.

El Atrium era uno de los bares más famosos de la ciudad. Quizás lo que más impresionaba era que la mitad del techo era de espejos. Las luces y formas se reflejaban en aquella superficie y le daba un efecto original y diferente.

Lo que la gente no sabía, y que probablemente impresionaba más, es que el segundo piso del bar era precisamente eso, un cristal polarizado enorme, a través del cual, se podía ver toda la parte inferior. Se accedía por unas escaleras laterales desde la pista de baile y cuando se cruzaba la puerta de acceso te encontrabas con otro ambiente completamente diferente. Unos sofás en medio de la sala, una pequeña barra con bebidas y hasta un baño que disponía de ducha. Muchas de las fiestas privadas que organizaba Samuel se realizaban allí, sin que tan siquiera los clientes de la planta baja pudieran imaginar lo que pasaba sobre sus cabezas. Yo solía disfrutar tomándome una copa allí arriba cuando acababa mi turno y era divertido ver cómo la gente bailaba con una música mientras yo escuchaba otra, a un ritmo distinto, sin contar, lo excitante que resultaba observar sin ser observado.

Vimos a Samuel descender por las escaleras y acercarse hasta nosotros. Era un hombre ya entrado en años y sin duda, las fiestas que se había regalado en otras épocas le estaban pasando factura.

—Hola, chicos, necesitamos una persona más para el bar. Cada vez tenemos más gente y no quiero que los clientes se molesten esperando por una copa.

—¿Chico o chica? —preguntó Laura.

—Chica, ya tenemos suficiente con Daniel y además las fiestas privadas ya empiezan a ser un poco monótonas. ¿Podéis encontrarme a alguien? —nos propuso.

—Yo podría comentárselo a una amiga, lo mismo está interesada —apuntó Myriam.

La miré entre intrigado y entusiasmado ¿Estaría pensando en Elsa? Seguramente no sería ella, pero solo de pensarlo hizo que me pusiera nervioso.

—Necesito que también participe en las fiestas, no me vale cualquiera —puntualizó Samuel.

—No te preocupes, lo miro y te digo algo —respondió mi amiga.

—Vosotros ya sabéis las condiciones del bar y no creo que sea el peor de la ciudad —dijo mientras sonreía.

La verdad es que el dueño del Atrium cumplía con unas normas muy estrictas con quién podía acceder a la zona privada y desde hacía un par de años no teníamos quejas de ningún cliente. Aunque hubiera tenido que producirse un accidente para que se filtrara el acceso, ahora todo estaba mucho más tranquilo.

—Otra cosa —nos dijo mientras se daba la vuelta antes de irse—. Necesito que tres de vosotros vayan a Barcelona el domingo. Es para el salón del automóvil. Ya me diréis quién quiere ganar algo de dinero extra.

CAPÍTULO II: MYRIAM

La noche en el Atrium no parecía acabar nunca y no aguantaría mucho más detrás de la barra. Era miércoles, pero la gente parecía tener ganas de fiesta. El vestido blanco de flores que me había puesto aquel día se me estaba pegando al cuerpo debido al sudor. Hacía calor y no había parado ni un minuto. Pude ver en un momento de respiro cómo Daniel y Laura estaban más relajados y sosegados. Seguramente se habían tomado un par de copas y parecían divertirse, sin embargo, a mí el día se me estaba haciendo eterno. Necesitaba el consejo de mi amigo y Pablo había aparecido en el peor momento. La verdad es que no sabía a quién acudir, pero seguro que él me apoyaría y sabría qué hacer. De pronto, una voz familiar me devolvió a la realidad.

—¡Hola guapa! —. Me giré y allí estaba Óscar, con su sonrisa de siempre.

—¡Hola! A ti no te esperaba hoy por aquí — contesté.

Óscar era uno de los clientes preferentes del bar. Estaba casado y tenía dos niños pequeños, pero desde hacía seis meses solía dejarse caer asiduamente por el bar. Llevaba unos vaqueros con una camisa negra y aunque su indumentaria pretendiera ser juvenil seguía llamando la atención entre los demás clientes del bar. Su pelo rubio destacaba sobre sus ojos marrones y aunque aún conservaba algo de su belleza de juventud, las arrugas ya empezaban a asomar en su rostro.

—¿Y esa cara? ¿No te alegras de verme? —me preguntó preocupado.

—Siempre me alegro de verte y lo sabes, pero hoy no ha sido un buen día —dije dándole dos besos.

—Pues esto es para ti —me contestó acercándome una bolsa de papel.

Por el envoltorio aquello era de una tienda excesivamente cara.

—¿Y esto? —pregunté mientras echaba un vistazo rápido al interior de la bolsa. Dentro había una caja con un lazo—. ¿A qué se debe?

—Me apetecía regalarte algo y jugar —me contestó guiñándome un ojo—. Solo hay una condición, debes abrirlo mañana.

—¡No serás capaz de hacerme esperar! —le dije sacando la caja de la bolsa.

—Si lo abres ahora, me enfadaré.

—Está bien, intentaré aguantarme —contesté con una sonrisa juguetona.

Nada más posar mi regalo en el suelo, Pablo apareció por la puerta del bar. Se entretuvo un segundo saludando a Daniel y con un gesto le hice ver a Óscar que debía desaparecer.

—Hola cariño —me saludó con un beso en la boca—. ¿Te queda mucho? Tengo el coche en doble fila.

—No, relleno este par de cámaras y nos vamos —contesté nerviosa—. Le diré a Laura que se quede a cerrar por mí.

Ya llevaba con Pablo tres años. Habíamos empezado a salir en el último curso del instituto. Ahora él estudiaba económicas y solo le quedaba un año para acabar la carrera. Su padre, Gonzalo, un hombre de finanzas, poseía un grupo de empresas y desde hacía tiempo le tenía reservado un puesto de dirección en alguna de ellas. Nunca lo había soportado, era un hombre prepotente y chulo, y debido a nuestro último encuentro no sabía cuánto tiempo aguantaría aquella situación.

Por fin, terminé de rellenar las cámaras, cogí la bolsa de Óscar y salimos del bar. Pude ver el coche mal aparcado al otro lado de la calle. Comenzaba a refrescar y mi vestido primaveral ya no era suficiente. Pablo no dejaba de mirarme las piernas mientras avanzábamos hacia el Audi y supuse que tendría ganas de parar a medio camino. Nada más arrancar empezó a jugar acariciándome lentamente el muslo. Noté las yemas de sus dedos calientes sobre mi fría pierna y un escalofrió ascendió por mi espalda.

—¿Quieres que paremos donde siempre? —Me preguntó con una sonrisa.

—Estoy cansada cariño —contesté—. Otro día, ¿vale?

Su cara cambió en un segundo, pero no dijo nada más. Estuvimos en silencio durante todo el trayecto hasta que su coche se detuvo en la puerta de mi casa. Tenía ganas de explotar, de contarle todo lo que pasaba por mi cabeza y quería explicarle por qué no había querido parar volviendo aquella noche. Pero aún no había decidido si debía contarle toda la verdad, y lo que era más importante, si estaba preparado para ella. Le di un beso, le deseé buenas noches y bajé del coche.

—Myriam, ¡espera! —Me gritó mientras ya estaba abriendo la puerta—. Te olvidas la bolsa.

—Cierto, gracias —respondí acercándome hasta el coche de nuevo.

—¿Me vas a decir que te pasa? —me preguntó con ternura.

—No me ocurre nada, solo una noche dura, no te preocupes.

—Bueno, ya sabes que puedes contar conmigo, no te mareo más.

Me despedí con otro beso en los labios y me alejé despacio del coche. Ojalá fuera tan fácil y pudiera desahogarme sin más, pensé para mí. Sin duda me quitaría un peso de encima. Entré en casa sin hacer ruido, seguramente a esas horas mis padres ya estarían durmiendo.

Antes de acostarme le envié un mensaje a Elsa.

—"Necesitamos una nueva camarera en el Atrium. Pagan muy bien, pero con condiciones. Mañana te cuento. Besos".

Al día siguiente por la mañana salí de casa como Óscar me había pedido. Dentro de la bolsa me había encontrado una caja con el último juego que él había imaginado. Me duché despacio, dejando que el jabón acariciara mi piel, y me arreglé con parsimonia, casi de forma ceremonial. En el fondo aquello me excitaba y era tan solo por el hecho de sentirme su fantasía. Óscar no era un cliente normal, había empezado a disfrutar de él y de sus juegos. Cuanto más tiempo pasaba a su lado, más ganas tenía de adivinar cuál sería su siguiente perversión.

En aquella ocasión, junto a la caja, había encontrado una breve nota con instrucciones precisas. Tan solo obedecer cada paso que él había planeado hacía que mi cuerpo temblara de deseo. La caja contenía un vestido negro de seda y unas medias de liga del mismo color. Lo que no me había esperado era el juguete que Óscar había comprado para mí.

Me ajusté las medias, había adivinado más o menos mi talla y aunque me apretaban algo los muslos me quedaban a la altura justa del vestido. Mojé el juguete de Óscar, unas bolas chinas de silicona azul, y las introduje dentro de mí. Entraron con relativa facilidad, mi excitación había aumentado a medida que obedecía y me sentía protagonista de su fantasía. Podía sentir cada milímetro del vestido acariciando mi piel, como si todo aquello fuera la ceremonia precedente a una sesión de sexo. No había sujetador dentro de la caja, así que supuse que él no quería que llevara. Mis pechos eran grandes y sabía que mis pezones se marcarían a través de la fina tela de seda, pero había accedido a jugar ateniéndome a todas las consecuencias.

El vestido era bastante elegante, de tirantes anchos que dejaban a la vista mi generoso escote. Si no fuera porque se me distinguía la costura de las braguitas y se me marcaban ligeramente los pezones podría pasar desapercibida. Me había puesto una pequeña chaqueta que intentaba ocultar que no llevaba sujetador y unos zapatos negros que tenía para ocasiones especiales. Una vez fuera de casa y a medida que avanzaba por la calle podía notar cómo las bolas se movían en mi interior.

En sus instrucciones exigía que debía llegar al Atrium en autobús urbano, así que me acerqué a la parada más cercana. No entendía por qué Óscar había especificado que fuera en transporte público, sin embargo, no tardaría en averiguarlo.

La marquesina estaba desierta, pero algún viandante se me quedó mirando de forma descarada. Por fin llegó el autobús y después de un breve vistazo del conductor me acomodé en la parte de atrás. Al principio crucé las piernas, pero las medias de liga asomaban peligrosamente por debajo del vestido y tuve que cambiar de postura juntando las rodillas. Cuando el autobús arrancó y giró en la primera calle entendí las intenciones de Óscar. A cada movimiento y en cada cambio de dirección las bolas se movían y vibraban en mi interior. Era una sensación agradable, diferente a cualquier otra y me empecé a excitar por momentos. Cuando ni tan siquiera habían pasado dos paradas toda mi ropa interior estaba empapada. Sabía que el recorrido era de unos quince minutos y me di cuenta de que aquello solo acababa de empezar.

Disimuladamente me acerqué al borde del asiento para que mi vestido no estuviera en contacto con mis piernas y así evitar que también se mojara de mí. No me atrevía a tocarme por miedo a que algún pasajero me viera y con cada movimiento brusco tenía que morderme el labio para ahogar algún gemido de placer espontáneo.

Por fin, y después de unos minutos intensos que me hicieron temblar, el autobús llegó a mi parada. Me bajé deprisa, mi ropa interior estaba completamente empapada, pero al menos había conseguido salvar el vestido y que éste no se pegara a mis piernas. Sin duda, Óscar lo había vuelto a conseguir, había logrado que le necesitara y lo anhelara incluso antes de verle.

Entré en el Atrium por la puerta de atrás y me dirigí directamente a la segunda planta. Mientras ascendía por las escaleras no pude evitar pensar que si alguien estuviera en la parte inferior tendría unas maravillosas vistas de mis piernas y mi ropa interior. El hecho de imaginar que alguien podría descubrir cómo me encontraba hizo que aumentara aún más el calor que sentía.

Abrí la puerta despacio. Ya estaba bastante nerviosa y no quería que Óscar supiera que me tenía en sus manos. Me lo encontré de pie y mirando despreocupado por una de las ventanas. Aunque el suelo de la segunda planta era de cristal no dejaba entrar demasiada luz y unos ventanales ocupaban los laterales de la estancia.

Sin duda había venido directo del trabajo ya que llevaba un traje impoluto. Su corbata descansaba sobre la barra y se había desabrochado dos botones de la camisa. Me miró durante un segundo y noté cómo sus ojos recorrían cada curva de mi cuerpo. Yo desabroché con parsimonia mi chaqueta mientras mis pezones marcaban de forma exagerada el vestido y dejé que disfrutara unos segundos de su juego. No sabría decir qué le excitaba más a Óscar, si verme tan expuesta, o que hubiera obedecido al pie de la letra sus instrucciones.

Disfruté despacio de su mirada recorriendo cada milímetro de mi piel y me acerqué para besarle en la boca. Le regalé un beso lento y húmedo. Quería que notara cómo agradecía el último juego que él había imaginado para mí. Me sentía arder y por momentos temía que una gota de mí se deslizara por mis muslos debido a la excitación que me invadía.

—¿Te ha gustado el viaje? —me preguntó con una sonrisa mientras sus dedos se abrían paso entre mi vestido y alcanzaban la tela mojada de mi ropa interior.

—¿Tengo que responder? —le susurré mientras mi boca volvía a buscar otro beso.

Solo deseaba abalanzarme sobre él, pero sabía que Óscar quería marcar el ritmo. Me indicó que me sentara en el borde de uno de los sofás y me pidió que abriera ligeramente las piernas mientras él se acomodaba en la tarima central, justo enfrente de mí.

—Ahora quiero que me des tu ropa interior —me dijo mientras me miraba.

Estaba suficientemente entregada para hacer todo lo que me pidiera, así que levanté ligeramente el vestido y deslicé la prenda que él deseaba. Me tendió la mano para recoger su trofeo y una sonrisa apareció en su rostro en cuanto notó lo húmeda que estaba. Ahora me encontraba completamente expuesta y aunque el vestido no dejaba apreciar totalmente mi coño, no pude resistirme a abrir algo más mis piernas para tentarle a abalanzarse sobre mí.

—No tan deprisa. Encima de la mesa tienes un par de monedas. Quiero que bajes a la tienda de enfrente y compres dos cervezas bien frías.

Le miré entre sorprendida e intrigada, pero me levanté y cogí las monedas sin articular palabra. Seguramente aquello formaba parte de su juego y él sabía que en aquellos momentos yo haría todo lo que me pidiera. Justo antes de atravesar la puerta de salida me alcanzó para detenerme y susurrarme al oído.

—Te faltarán un par de céntimos, pero seguro que el dependiente será comprensivo contigo. De todas formas, vamos a hacerlo un poco más complicado.

No había acabado la frase cuando su mano se deslizó por mi culo hasta llegar a la entrada de mi coño. Estaba completamente mojada y podía notar cómo sus dedos se deslizaban fácilmente. Cogió la tira de las bolas chinas y tirando suavemente sacó una de ellas.

—Tienes que bajar y volver a subir aquí sin que se te salgan.

Un hormigueo de excitación recorrió mi cuerpo, mientras escuchaba sus palabras, que estuvo a punto de hacer que el juguete se me deslizara en ese mismo instante. Me giré y le di un largo beso en la boca mientras mis manos le apretaban contra mi pecho.

Bajé despacio las escaleras. Podía sentir mis muslos mojados y no sabía si aguantaría. Cruzar la calle y llegar a la puerta de la tienda me pareció todo un logro. Una mezcla de sensaciones invadía mi cuerpo. Por una parte sentía miedo, las bolas podrían deslizarse y caer al suelo a la vista de todo el mundo, pero por otra parte, esa misma sensación se transformaba en excitación con cada movimiento, sintiendo que cualquiera podría descubrirme.

Cuando entré en la tienda solo vi al dependiente y aunque su mirada se clavó en mí al entrar me sentí aliviada de que estuviera vacía. Vi una nevera con cervezas justo enfrente de la caja y me dirigí hacia ella. Mientras caminaba me di cuenta de que por la vitrina de la tienda se veía el ventanal de la segunda planta del Atrium, y allí, estaba Óscar, observando atentamente cada paso que daba.

Alcancé la puerta del refrigerador con dificultad. Tan solo había dos cervezas en la parte inferior y volví a pensar que él lo había planeado todo al detalle. Podía haberlas cogido sin más, pero sabía que Óscar me estaba observando, así que me agaché sin doblar las rodillas y me quedé totalmente expuesta. En ese momento tuve que apretar mis piernas para que la segunda bola no se deslizara mientras agarraba las cervezas.

Cuando me reincorporé el dependiente me miraba atónito. Sabía que había visto perfectamente mi coño depilado y que algo más, de color azul, sobresalía de él.

Dejé las monedas sobre la mesa y metiéndome por completo en el papel que Óscar había preparado para mí, le susurré.

—Me faltan un par de céntimos, pero no creo que le importe, ¿no?

El dependiente solo negó con la cabeza sin articular palabra mientras no apartaba la vista de mis pechos. Salí rápidamente de la tienda dando por terminada aquella parte del juego. Una cosa era excitar a Óscar y otra, que un desconocido me violara con la mirada.

Cuando alcancé el bar pensé que lo peor había pasado, pero en cuanto comencé a subir por las escaleras me di cuenta de que tenía los muslos completamente empapados y que no aguantaría mucho más con las bolas dentro de mí. Por fin, llegué a la segunda planta casi jadeando y entré en la sala totalmente entregada.

Óscar me esperaba desnudo sentado en uno de los sofás y me acerqué a él dejando las bebidas en la barra. No podía dejar de pensar en cómo él había planeado cada detalle y paso que yo daría aquella tarde. Me situé delante de él, entrecruzando mis manos en la espalda, quería que él me sintiera completamente suya. Óscar estaba casi más excitado que yo, sin duda mi interpretación en la tienda le había impresionado.

Me atrajo despacio hacia él, levantando el vestido para dejar a la vista el encaje de mis medias. Una de las bolas seguía aguantando, pero él tiró de ellas delicadamente hasta que el juguete salió por completo. Las dejó encima del sofá y me acercó aún más. Podía sentir su perfume inundando mis sentidos y cómo unas gotas de mí resbalaban por el interior de mis muslos. Me agarró con sus manos fuertes y me guio para que me sentara a horcajadas encima de él.

Atrapé su polla para ponerla en la entrada de mi coño y me dejé caer lentamente. Se deslizó tan fácil en mi interior que no pude evitar un sincero gemido de satisfacción. Tan solo el roce de su piel me hacía temblar y sentía que explotaría de placer de un momento a otro.

Empecé a moverme rápido, no sabía cuánto tiempo aguantaría en aquel punto de excitación. Óscar me besaba el cuello y acariciaba mis pechos a través del vestido. Yo sentía todo su cuerpo debajo del mío y notaba cómo su polla palpitaba por momentos dentro de mí. Él estaba casi más entregado que yo debido a que había cumplido su fantasía sumisa a todos sus deseos. Su boca se deslizó hasta mi escote y empezó a saborear mis pechos con sus labios. Me bajó uno de los tirantes del vestido y comenzó a disfrutar de mi pezón completamente duro. La presión de su lengua sobre él hizo que un hormigueo de placer recorriera mi espalda y no pude evitar clavarle las uñas. Aumenté el ritmo de forma frenética y comencé a gemirle fuerte en su oído, quería que él acabara conmigo.

Volvió a correrse en mi interior, pero sin llegar a terminar del todo y yo no pude aguantar más. Empecé a sacarla casi por completo y a meterla de nuevo de golpe hasta el límite de hacerme daño. La necesitaba dentro de mí y notar cómo me llenaba del todo. Óscar no me defraudó. Me agarró del culo y empezó a moverme aún más fuerte, ayudándome a subir y bajar por su polla con total facilidad, haciendo que en cada movimiento entrara más profundamente hasta que mi cuerpo estalló en un orgasmo de placer acumulado. Le mordí el cuello, casi haciéndole daño. Llevaba demasiado tiempo aguantando y sin duda aquel juego había hecho que mi deseo explotara en un solo instante. Unos segundos después pude notar cómo Óscar relajaba el ritmo mientras su polla terminaba de palpitar más lentamente.

Exhausta, me dejé caer a su lado, a la vez que apoyaba mi cabeza cariñosamente sobre su pecho. Después de recuperar el aliento no pude evitar preguntarle:

—Y esto, ¿por qué no lo haces con tu mujer?

—Mi esposa nunca se prestaría a mis juegos.

—Quizás, si se lo propusieras, te podría sorprender su respuesta —contesté sincera.

En ese momento, un pequeño sentimiento de culpa invadió mi mente. Empezaba a disfrutar más con él que con Pablo, y ya no podía escudarme en que lo hacía tan solo por necesidad.

CAPÍTULO III: ELSA

Llevaba toda la noche pensando en el mensaje de Myriam. Realmente necesitaba el trabajo, pero ¿a qué condiciones se refería? Me había puesto los mismos jeans desgastados del día anterior y una camiseta algo más nueva, sin embargo, en cuanto llegué al bar dónde habíamos quedado me asusté, mi amiga venía con un vestido negro impresionante.

—¡Hola! Qué elegante vienes. No me digas que tenía que venir arreglada para una noche de fiesta —le dije preocupada.

—No, tranquila —me contestó riendo—. Vengo de un congreso. Vamos a la terraza, que luego he quedado con Daniel.

—¿El chico del otro día? —pregunté sin poder ocultar mi curiosidad.

—Sí, el mismo. Tengo que hablar con él. Se me acumula el trabajo.

En su cara apareció una sonrisa, pero su semblante no transmitía tranquilidad, la notaba diferente, sin duda algo le tenía preocupada. No pensé que fuera por el muchacho del otro día, aunque supuse que tenía algún problema. Empezamos a hablar de la universidad y de cómo llevábamos los exámenes finales. Myriam no era tan buena estudiante como yo, pero iba aprobando. La facultad de medicina no era fácil y ella trabajaba muchas noches en el Atrium.

—Bueno, y eso del trabajo, ¿cómo va? —le pregunté al cabo de un rato.

—Es verdad, que nos ponemos a hablar y se nos olvida el tema principal—. Hizo una pequeña pausa antes de continuar—. Digamos que el puesto en el bar es como todos, de martes a domingo, y tiene un buen salario.

—Y entonces, ¿por qué me dijiste que hay condiciones? — pregunté extrañada.

—Te lo cuento, aunque espero que seas discreta y ante todo, que no me juzgues.

Volvió a esperar un par de segundos para tomar aire mientras yo asentía mecánicamente.

—De vez en cuando tenemos que hacer alguna fiesta privada en la que se descontrola todo un poco.

—Bueno, eso tampoco es para tanto, ¿no? Necesito el trabajo y si algún cliente se sobrepasa un poco, pues sabré que tengo que hacer la vista gorda —contesté.

—No —se rio Myriam—. No es que se pasen, es que las fiestas suelen acabar en la cama.

—¿Cómo? —pregunté entre sorprendida y decepcionada. Aunque necesitaba dinero no iba a aceptar aquello de ninguna manera—. Me estás diciendo que sois…

—Elsa —me interrumpió Myriam en tono serio—. Prefiero que no uses esa palabra. Antes de que comiences a escandalizarte, debo decirte que estas fiestas no se hacen habitualmente y los clientes no son los que te estarás imaginando.

—¿A qué te refieres? —pregunté mientras mi cara cambiaba de asqueada a intrigada.

—Samuel, el dueño del bar, tuvo problemas hace un par de años con un cliente y desde entonces filtramos el acceso. Él tiene que dar su visto bueno y nosotras también.

—Me estoy perdiendo —dije mientras me aproximaba más a ella, cómo si al hacerlo pudiera entender mejor lo que Myriam me estaba contando.

—Los clientes de nuestras fiestas tienen que ser aceptados por Samuel, por Laura y por mí.

—Pero aun así os acostáis con ellos por dinero —dije bajando la voz.

—Hay otras que lo hacen sin cobrar por ello —me contestó seria—. Desde mi punto de vista eso no es mucho mejor.

Me paré un segundo a pensar, sin duda, no me esperaba aquello. Aunque necesitaba el trabajo nunca iba a vender mi cuerpo a un desconocido. Apenas me quedaba dinero, pero aquello sería lo último que se me pasaría por la cabeza. ¿Y mi amiga? ¿Cómo había acabado ella en ese mundo?

—No creo que pueda y además tengo a Jorge, ¿cómo voy a hacer eso a sus espaldas? Llevamos cuatro años juntos —le dije excusándome de una manera educada.

—Yo también estoy con Pablo. Y esto no me impide quererle, pero necesito el dinero.

—¿Y Daniel? —pregunté cuando su amigo me vino a la cabeza—. ¿Es gay?

—No —me contestó riendo—. ¿Te gusta o qué? Él lleva desde que se abrió el bar y suele quedarse si hay alguna clienta femenina o una fiesta especial—. Myriam se volvió a reír.

—Sigo sin enterarme del todo, pero creo que voy a tener que rechazar el trabajo —contesté intentando no parecer brusca.

—Bueno, no te preocupes. Puedes pasarte esta noche y ver el ambiente. De todas formas, te aseguro que nunca harás nada que no quieras.

—No sé, no me convences. Creo que mi situación aún no es tan desesperada como para llegar a ese extremo.

—¡Oye! Que yo no estoy desesperada —me contestó Myriam—. Bueno, pásate esta tarde, aunque sea para tomarte algo. Mira, ahí viene Daniel.

Cuando llegó a la mesa nos saludó con dos besos y se sentó en la silla que quedaba libre. Parecía que venía bastante contento. Llevaba unos jeans desgastados más oscuros que los míos y una camisa blanca con un par de botones desabrochados. La verdad es que el chico era bastante atractivo. Llevaba barba de unos cuantos días y el pelo lo tenía aparentemente despeinado, dándole un aire despreocupado e interesante.

—Perdona, ¿me pones un ron cola por favor? —dijo dirigiéndose a la camarera—. ¿Qué tal todo?

—Bien, aquí hablando de nuestras cosas —se me adelantó Myriam—. ¿Y tú qué tal?

—Genial, me acaba de llamar tu padre. La semana que viene me hace una entrevista.

—¿En serio? ¡Cómo me alegro! —saltó Myriam mientras se abalanzaba sobre Daniel. Yo no podía hacer otra cosa que sonreír como una idiota.

—¡Ya verás cómo te cogen! —volvió a decir mi amiga.

—Bueno, no me quiero hacer ilusiones —contestó mientras probaba su bebida.

—Por cierto, tengo que contarte algo antes de ir al bar. El otro día nos interrumpió Pablo y necesito que me aconsejes—dijo Myriam.

¿Podía ser aquello por lo que estaba preocupada? ¿O sería por la propuesta que me acababa de hacer? Y Daniel, ¿sabría él lo que me había ofrecido? Aquello hizo que me sonrojase sin motivo aparente.

Por el comentario de mi amiga supuse que necesitaban estar solos, así que abrí la cartera para pagar mi caña y fue en ese momento en el que me percaté de que había olvidado coger algo de dinero.

—Pago yo Elsa, no te preocupes —me dijo Daniel con una sonrisa—. Hay que celebrar mi entrevista.

—Gracias —le contesté ruborizándome, esperando que no hubiera visto mi cartera vacía.

Me despedí de ellos y volví andando hasta mi casa. Estaba bastante lejos, pero no podía permitirme pagar el autobús, mi situación económica cada vez era peor.

Llegué a mi piso sobre la hora de comer y me encontré a Jorge jugando a la consola.

—Hola, ¿has hecho la comida? —dije desde la puerta.

—No. No he tenido tiempo —me contestó sin apartar la vista de la pantalla.

—¿Pero has estado toda la mañana ahí sentado? —pregunté sin poder contener mi frustración.

—No me agobies, ¿vale? Hazte un sándwich.

No quería discutir más con él, así que me fui a la habitación, me cambié de ropa y me dirigí a la cocina para comer algo. La nevera estaba prácticamente vacía. Había unos cuantos tranchetes de queso, un limón y un tetrabrik de leche. Bueno, pensé, no sería la primera vez que pasaba hambre y mientras pudiera seguir estudiando podría soportarlo. Me comí un par de lonchas de queso y después de una ducha corta, me cambié de ropa para volver a la facultad. Necesitaba asegurarme unas buenas calificaciones y obtener de nuevo la beca, si no, sería el fin.

Salí de casa sin despedirme de Jorge y cuando llegué al portal del edificio me encontré con nuestro casero. Era un portugués que se dedicaba a reformar viviendas que después alquilaba. Alguna vez nos habíamos retrasado con el pago de la renta y ahora a principios de mes se acercaba hasta la casa para exigirnos el dinero.

—Hola muchacha —me dijo en un castellano bastante correcto, aunque con algo de acento.

—Hola, ¿viene por el alquiler? —pregunté mientras ponía mi carpeta delante de mí. Aquel hombre siempre me escrutaba con la mirada al hablarme.

—Sí, me ha dicho tu novio que este mes me pagarías tú —me contestó mientras me bloqueaba la puerta con su cuerpo.

—Sí, no hay ningún problema —dije intentando parecer tranquila—. ¿Podría pasarse mañana? Llegó tarde a un examen de la facultad.

—No hay problema. Mañana me vuelvo a pasar. Pero este mes no os doy más margen que siempre tengo que estar detrás de vosotros.

Se apartó ligeramente del marco de la puerta, dejándome el espacio justo para pasar y tuve que cruzar de lado sin poder evitar rozarle al salir.

Cuando llegué a la universidad y conseguí sentarme en la sala de estudio escribí un mensaje a Jorge:

—"Hola. ¿Cómo que el alquiler de este mes lo pago yo?"

Unos minutos después mi móvil vibró:

—"Me voy de casa. Necesito un tiempo para pensar. Si te quedas tú, pagas tú el alquiler".

Me quedé un minuto mirando las letras parpadeantes del teléfono. No solo me estaba dejando aquel imbécil, sino que encima pretendía dejarme tirada con el alquiler. Tenía algo de dinero guardado, pero no me alcanzaría para el mes completo. Volví a teclear en mi móvil:

—"Lo justo sería que me pagaras la mitad. ¿Y qué es eso de que necesitas tiempo?".

Esta vez, el teléfono tardó unos minutos más en vibrar, pero la respuesta me dejó aún más helada:

—"No tengo dinero para pagar el alquiler. Ya nos veremos. Besos".

La incredulidad se convirtió en ira sin poder asimilar lo que estaba ocurriendo y me levanté bruscamente de la silla. Tenía que volver a casa.

El camino de vuelta me pareció más largo que de costumbre debido a los nervios y mi cabeza bullía con las palabras que Jorge me había enviado. No solo pretendía escaquearse de pagar su parte del alquiler, sino que me dejaba de una forma ruin después de todo el tiempo que llevábamos juntos.

Cuando atravesé la puerta de casa un silencio absoluto reinaba en ella. Me di cuenta de que llevaba un tiempo con los puños apretados debido a la tensión, así que intenté relajarme. Inspeccioné la casa de principio a fin y comprobé que Jorge había desaparecido. La consola no estaba y lo mismo sucedía con el resto de sus cosas.

—¡Lo tenía todo planeado! —grité en voz alta mientras daba un golpe a la pared.

Una lágrima de impotencia descendió por mi mejilla y tuve que esperar unos cuantos minutos para recuperar la calma. Me acerqué a la cocina, no había demasiado que llevarse, pero ya me esperaba cualquier cosa.

Me encontré una nota y un sobre encima de la mesa. El papel garabateado con prisas era de Jorge:

—"Lo siento mucho, pero esto ya no funciona. Espero que seas feliz".

Me quedé un rato mirándolo sin poder creerme lo que estaba leyendo. ¿Después de tanto tiempo me dejaba tirada y huía de aquella manera? Y cuando me dejé caer en la silla me acordé de la carta. El sello de la universidad encabezaba el sobre y lo cogí nerviosa. No solían enviar buenas noticias por escrito y mis manos no pararon de temblar mientras lo abría.

"Debido a un recorte presupuestario, la ayuda al estudio del año en curso que le había sido concedida se ha reducido al 80% del importe total de la matrícula. Por lo que, sintiéndolo mucho, nos vemos obligados a pedirle que abone la cantidad de 210,83€ en cualquiera de nuestras sucursales en los próximos quince días hábiles. Si no abona esta cantidad en el plazo indicado consideraremos que usted renuncia al curso completo".

La hoja se me cayó de las manos y el miedo paralizó mi cuerpo. Necesitaba ese trabajo.

CAPÍTULO IV: DANIEL

Había quedado con Isabel en la terraza del bar que se encontraba enfrente del Atrium. No me había concretado por teléfono si solo quería verme para hacer inventario o para pasar un buen rato, pero en cuanto la vi, aclaré mis dudas. Se había puesto un vestido blanco perfilando su esbelta figura acompañado de unos zapatos negros de tacón y llevaba el pelo suelto con los ojos ligeramente maquillados. Sin duda, quería impresionarme. Unas medias negras envolvían sus largas piernas y se volvió hacia mi cuando mi mirada aún estaba recorriéndolas.

—Hola Daniel, llegas tarde —me dijo acercando su rostro para que le diera dos besos.

Isabel era la mujer de Samuel. Ya tendría casi cuarenta años, y aunque ya había tenido dos hijas su cuerpo moldeado en el gimnasio aún era envidiable.

—Sí, lo siento —contesté—. Estaba tomando algo con Myriam y me entretuve.

De pronto, unas manos me agarraron de la cintura casi haciéndome perder el equilibrio. Marta, una de las hijas de Isabel nos sorprendió con una sonrisa. Se parecía bastante a su madre, morena, alta, con los ojos oscuros, pero con el cuerpo de una chica de diecinueve años.

—Hola —nos saludó efusivamente con dos besos mientras su sonrisa iluminaba su cara—. Me voy a la universidad, que llego tarde.

—¿Vas a coger el autobús? —preguntó Isabel.

—No, me acerca Raúl, que para algo papá tiene chófer — dijo riendo.

—Ya sabes que no me gusta que utilices a los empleados de tu padre. Además, es el portero del bar, no tu chófer.

—Pero él está encantado de llevarme —contestó la chica.

—Y Daniel, tú y yo, tenemos mucho trabajo pendiente — dijo Isabel con cara seria.

—Bueno mamá, no será para tanto. Seguro que es uno de los mejores empleados que tiene papá en el Atrium —dijo Marta mientras me regalaba una sonrisa.

—¿Tú no te tenías que ir? —preguntó su madre—. Deja a Daniel tranquilo, que como se entere tu padre puede haber más que palabras.

—Sí, ya me voy, tranquila.

Marta desapareció por el lateral de la terraza y volvimos a quedarnos solos.

—Llegas tarde —repitió.

—Sí, lo siento. Myriam tenía que contarme algo importante y me he retrasado.

—¿Y eso? ¿Qué ha pasado? —preguntó con un tono más tranquilo.

—No, nada que no se pueda solucionar, no te preocupes. Cada uno tenemos nuestros problemas —dije intentando cambiar de tema.

—Bueno, ya sabes que podéis contar conmigo si necesitáis ayuda—. Isabel no parecía darse por vencida.

—Hablaré con Samuel, siempre se ofrece si surge cualquier problema fuera del bar.

—Bueno, vamos dentro, tenemos mucho que hacer y queda poco para abrir.

Entramos al Atrium y nos dirigimos directamente a la parte de arriba. Isabel se me adelantó para subir las escaleras delante de mí y yo no pude apartar la vista de sus piernas hasta que llegamos a la segunda planta. Sabía que ella había previsto aquel detalle mucho antes de que yo llegara, le encantaba provocarme.

La puerta del segundo piso estaba cerrada. Laura había limpiado la noche anterior y cuando entramos un olor dulce inundó nuestros sentidos. La mujer de Samuel me indicó con un gesto que se iba al baño, así que me preparé una copa y me acomodé en uno de los sillones. Faltaba poco tiempo para que abriéramos y aquello me hizo mirar instintivamente la puerta de entrada. A través del suelo de cristal pude ver que la habíamos dejado entreabierta y por un segundo pensé en bajar a cerrarla, pero nadie entraría si no se escuchaba música, y además, aún era demasiado pronto.

Isabel salió del baño dando un par de golpes a la pared para llamar mi atención. Se había desprendido del sujetador y sus pechos se marcaban sugerentes en el vestido blanco. Aún guardaban parte de la firmeza que, sin duda, habían tenido en otra época. Caminó lentamente hacia mí, deleitándose en cómo mi mirada recorría cada curva de su figura. Dio una vuelta completa alrededor del sofá, sin duda, para provocarme y que mi cuerpo empezará a desearla.

Sus piernas enfundadas en las medias negras se movían sensuales y yo solo pensaba en cómo arrancárselas. Cuando por fin se detuvo delante de mí, atrapó un hielo de mi copa y lo hizo desaparecer por el escote de su vestido. Sus ojos se mantenían fijos en los míos mientras comenzaba a derretirlo sobre sus pechos. Uno de sus pezones se puso tan duro que parecía querer romper la fina tela del vestido. Cuando sacó su mano y busco atrapar otro hielo intenté levantarme del sofá, pero Isabel me lo impidió poniendo su pie sobre mí. Me quería sentado, y yo, me relajé para disfrutar del espectáculo. Cuando el segundo hielo se derritió por completo sobre su cuerpo me di cuenta de que su vestido estaba completamente empapado.

En ese instante, mi mente me recordó que aquella mujer era la esposa de mi jefe y ese pensamiento solo hizo que no aguantara más y empezara a desabrochar mi camisa. Sus oscuros ojos bajaron por mi pecho y me escrutaron despacio. Su mirada me recorría deleitándose con cada detalle y aumentaron aún más mis pulsaciones. Podía apreciar cómo su deseo era mucho mayor del que pudiera sentir cualquier chica de mi edad.

La camisa finalmente cayó sobre el suelo traslúcido y mi mirada recorrió instintivamente la parte inferior del bar. Aún estaba oscuro, pero me tentó la idea de que alguien pudiera distinguir nuestras sombras moviéndose rítmicamente.

Su pie seguía atrapando mi polla contra los vaqueros, sabía que ella disfrutaba jugando conmigo y no podía evitar desearla más a cada segundo. Pareció leer mis pensamientos cuando su vista descendió hasta quedarse fija en el bulto creciente de mis pantalones y mordiéndose el labio me levantó del sofá tendiéndome la mano. Ahora los dos estábamos frente a frente y la atraje hacia mí para besarla. Un contacto lento y húmedo, con el que nuestros cuerpos empezaron a conectar. Primero rocé sus labios suavemente, disfrutando de su tacto cálido para después deslizar mi lengua entre ellos. Nuestros cuerpos estaban a pocos centímetros y podía sentir su vestido empapado pegado a mi pecho desnudo. Me separé lo suficiente para observar su ropa mojada y hábilmente Isabel aprovechó ese momento para deslizar su vestido hasta la cintura y dejarme disfrutar de sus pechos desnudos. Me acerqué de nuevo hacia ella mientras contemplaba su piel mojada. Sus pezones eran pequeños y noté cómo seguían helados cuando mi lengua empezó a deslizarse por ellos. Poco a poco se fueron calentando y podía sentir cómo disfrutaba con el contraste de temperatura. Arqueaba la espalda buscando mi calor y con una mano la atraje hacia mí. Ahora su sexo estaba en contacto con el mío y escuché cómo su respiración cambiaba para volverse más agitada y entrecortada. Sus pechos agradecían el ardor de mis besos y mi mano se deslizó por el vestido hasta alcanzar su coño. Para mi sorpresa, Isabel me lo impidió agarrándome de la muñeca y clavó de nuevo sus ojos en los míos.

—Despacio pequeño, disfruta de mí —me dijo con apenas un hilo de voz.

Aquellas palabras me excitaron aún más pese que a que no había conseguido satisfacer mi anhelo. Sin duda, ella sabía cómo marcar el ritmo y yo solo ansiaba rozar todo su cuerpo con el mío.

Isabel parecía no tener prisa y acariciándome con sus pezones intencionadamente me rodeó para sentarse en el sofá. Cuando intenté darme la vuelta me lo impidió con un leve gesto y me quedé de pie dándole la espalda. Sus manos hábiles empezaban a desabrocharme el cinturón para después deshacerse de mis pantalones y mi ropa interior. En un segundo me di cuenta de que me encontraba completamente desnudo en medio de la sala.

Mi polla ya estaba bastante dura y ella no tardó en alcanzarla. Mi mirada se fijó en la alianza plateada y brillante que adornaba uno de sus dedos. La vista de aquel anillo tan solo hizo que aumentara más mi deseo y pese a que un atisbo de remordimiento asomó por mi mente, desapareció en el mismo momento en el que Isabel comenzó a masturbarme. Estaba detrás de mí, sin que yo pudiera verla y sus manos se movían expertas sobre mi polla. Había comenzado despacio, apenas rozándome, para después aumentar gradualmente el ritmo. Tuve que morderme el labio para calmar mi ansia y me dejé llevar. Unas gotas de semen cayeron al suelo de cristal y pude oír cómo Isabel soltaba un gemido al verlo. Aproveché ese momento para intentar girarme de nuevo, pero volvió a impedírmelo.

—Espera un poco —me susurró.

Sus zapatos cayeron a mi lado y unos segundos más tarde eran las medias las que descansaban en el suelo. No sabía cómo, pero se había desnudado mientras continuaba masturbándome. Mis ganas por girarme y disfrutar de Isabel aumentaban por momentos, pero sabía que ella aún me quería así.

Se levantó y pude sentir cómo sus pechos se apretaban contra mi espalda. Sus manos soltaron mi polla y unos instantes después empecé a notar su vello púbico rozándome el culo.

Su boca comenzó a besarme el cuello mientras sus dedos me acariciaban el torso desnudo. Durante unos segundos de respiro me dejé llevar por sus caricias hasta que sus manos me dejaron girarme. Yo estaba completamente empalmado y mis ojos la miraban casi de una manera suplicante. Me encontraba tan excitado que solo deseaba hacérselo bien fuerte y terminar juntos, pero sus ojos me dieron a entender que aún debía esperar.

Isabel se recostó en el sofá abriendo sus largas piernas y en apenas un susurro me hizo temblar.

—Pruébame.

Me arrodillé obediente delante de ella y me acerqué despacio. Antes de perderme entre sus piernas pude ver cómo el suelo de cristal cada vez tenía más gotas de semen.

Mi lengua se deslizó por el interior de sus muslos lentamente, quería provocarla igual que ella había hecho conmigo y que me deseara sin apenas haberla rozado. Mi saliva dejaba un rastro brillante a cada milímetro de piel que saboreaba y empecé a acariciar los labios de su coño, mojándolos ligeramente. Su espalda se arqueaba buscando mi boca con ansia, pero mi mano contuvo su cuerpo para que aguantara un poco más. Mis labios siguieron recorriéndola, casi jugando en un baile rítmico, hasta que rocé su clítoris. Podía sentir sus movimientos para obtener el calor de mi lengua en su interior, pero quería hacerla desearme y llevarla al límite. Podía sentir cómo temblaban sus piernas y cómo me atrapaban inconscientemente sin apenas dejarme espacio para moverme. Sus manos acariciaban mi pelo, acompañando mis movimientos, haciéndome sentir el ritmo que necesitaba. Empecé a mover la punta de mi lengua en círculos alrededor de su clítoris, casi sin tocarlo. Su respiración cambió y a cada segundo debía hacer más fuerza para que su cuerpo continuara sobre el sofá. Después de jugar un rato más alrededor de su clítoris mis labios lo atraparon con una ligera presión. Mi boca lo envolvió con sus labios y disfruté de él, hasta que por fin introduje mi lengua de golpe dentro de ella. Pude sentir lo mojada y entregada que estaba cuando un gemido llegó a mis oídos. Empecé a moverme más deprisa, introduciéndola un poco más a cada segundo. Isabel se agarraba con fuerza al sofá y mis manos empezaron a jugar con sus pechos, pellizcándola suavemente los pezones. Noté su clítoris tan mojado que me atreví a pasar otra vez mi lengua por él para después penetrarla de nuevo con más ímpetu. Me agarró del pelo, quizás con excesiva fuerza. Yo me dejé hacer y una de mis manos regresó hasta su coño para meter dos dedos dentro de ella. Sin duda, Isabel estaba a punto de correrse y empecé a aumentar el ritmo. De pronto, tirando de mí, me separó lo justo para mirarme a los ojos.

—Ahora, fóllame y córrete. Dame todo lo fuerte que puedas.

Si mi polla se había relajado, aquellas palabras hicieron que se me pusiera de nuevo bien dura e incluso un par de gotas más de semen cayeron al suelo acristalado. Isabel se puso en el borde del sofá y con una de sus manos me agarró del culo y con la otra me envolvió el cuello para quedarse colgada de mí. Yo me dediqué a poner mi polla en la entrada de su coño. Su mirada volvió a cruzarse con la mía, y cuando asintió condescendiente la introduje de golpe. Una ola de calor invadió todo mi miembro y empecé a moverme deprisa. Estaba tan excitado que noté enseguida cómo mi polla palpitaba llenándola poco a poco. Intenté relajar el ritmo para aguantar unos instantes más, pero Isabel me atrajo con sus manos y me hizo moverme aún más deprisa. Ella también estaba a punto de terminar. En un segundo se levantó lo suficiente del sofá para atraparme con sus piernas y empezó a temblar sobre mi polla. Al sentirlo no pude aguantar y comencé a llenarla alcanzando un orgasmo que había estado esperando mucho tiempo. Sus dos manos abrazaron mi cuello para ayudarme a sostenerla, mi polla estaba en lo más profundo de su ser y sentía cómo me la apretaba para no dejar ni una gota dentro de mí.

Unos segundos después mis fuerzas empezaron a flaquear y me dejé caer sobre el sofá. Aún sentía cómo terminaban nuestros temblores acompasados y su respiración se entrecortaba con la mía. Me miró durante un segundo y me besó mientras nos acomodábamos. Disfruté del beso. Ya no pensaba en Isabel como la mujer que me doblaba la edad, sino como la única que conseguía controlarme para que mi placer fuera aún más intenso.

De pronto, escuchamos voces en el piso de abajo, Laura acababa de entrar por la puerta. Solía tardar unos minutos en subir a la parte de arriba para dejar sus cosas, así que nos dimos un segundo de respiro antes de empezar a vestirnos.

CAPÍTULO V: LAURA Y ALEX

Estaba en la barra del Atrium sirviendo una copa cuando alguien me pidió un vodka Sprite con una rodaja de naranja. Sabía que solo dos personas me pedirían aquello, Myriam, que estaba a mi lado o Alex.

—¡Laura! ¿Qué tal guapa? —me abordó con una sonrisa agradable.

—Buff, agotada, necesito que acabe mi turno ya —contesté.

Aquel día Alex venía bastante informal, se había puesto una camisa sin corbata y unos vaqueros. Le puse la copa y me acerqué para darle un beso. Mis labios rozaron los suyos intencionadamente, sabía que eso le gustaba y a mí no me importaba complacerle con aquellos pequeños caprichos.

Laura estaba preciosa aquella noche, cada vez me sentía más enganchado a esa mujer. No podía evitar sentirme así aun sabiendo que yo para ella era tan solo una necesidad. Me había puesto unos vaqueros con una camisa blanca para intentar pasar desapercibido en aquel bar plagado de chavales, pero aun así, destacaba entre ellos. Notaba sus miradas descaradas preguntándose qué haría un hombre de mi edad en un sitio como aquel, sin embargo, me bastó el beso de Laura, en la comisura de mis labios para olvidarme de todo. Ella llevaba unos vaqueros rotos y una camiseta negra trasparente que dejaba entrever un sujetador del mismo color. Había tenido un día demasiado agitado y tan solo deseaba perderme unas cuantas horas en sus brazos.

Sabía que Alex me observaba desde que había llegado y ese detalle no hizo más que aumentar las ganas que tenía de acabar mi turno. Esa noche me había puesto aquella camiseta esperando que él apareciera. Me trataba mucho mejor que cualquier chico de mi edad y todo con él era diferente. Tenía ganas de verle y por qué no, de que me cuidase un poco.

Al principio tener que prestarme a aquello fue complicado. La necesidad me había empujado a ello y estaba desesperada. Sin embargo, poder elegir a los clientes hizo que conociera a Alex, él se esforzaba en complacerme como ningún otro y además sabía que si tenía cualquier problema podía contar con su ayuda. No era especialmente atractivo, pero aún conservaba parte de su encanto de juventud. Cuando tuve un momento de respiro aproveché para mirarle y dedicarle un guiño. Él me sonrió agradecido con sus ojos brillantes de deseo. Me sacaba quince años, pero aquello para mí, ya no era un problema.

Terminé de atender a un par de chicos que habían pedido unas cervezas y agarré a Myriam de la cintura.

—Me subo con Alex, ¿vale? —le dije casi gritando debido al ruido de la música.

—¿Quieres que luego suba con vosotros? —me preguntó con una sonrisa.

—Hoy no, me apetece solo para mí —contesté risueña.

Le planté un beso a Myriam en los labios que no pasó desapercibido para nadie y salí de allí.

***

Laura me cogió de la mano y agarré mi copa en un acto reflejo. Me guio por el bar hasta que llegamos al inicio de la escalera por la que se accedía a la segunda planta del bar. Raúl, el portero del Atrium, vigilaba el local y el acceso a la parte de arriba. Ella le saludo con un beso y continuamos nuestro camino. Cuando atravesamos la puerta nos encontramos la sala en calma. Los tres sofás y la tarima central apenas se distinguían iluminados tímidamente por las luces que atravesaban el suelo acristalado.

—Me pego una ducha rápida y vengo a por ti, ¿vale? —me dijo Laura mientras me regalaba un beso húmedo en la boca.

Asentí mecánicamente y la seguí con la mirada hasta que desapareció por la puerta del baño. La parte de arriba de aquel bar era original y diferente al resto. Los sofás blancos, la música más tranquila, el suelo y la pared de cristal... todo aquello te hacía sentir que flotabas sobre la planta inferior. El baño era bastante útil para no tener que lidiar con los chavales y hasta podías darte una pequeña ducha. Sin duda, Samuel había sabido cómo preparar aquel sitio.

Le di un par de sorbos a la copa mientras observaba a Myriam que continuaba atendiendo en la barra. Estaba hablando con un grupo de cuatro chicas y desde allí tenía una perspectiva impresionante del escote que llevaba aquella noche. Era realmente excitante pensar que ella no podía verme.

—Me voy a poner celosa si sigues mirando a Myriam de esa forma.

Laura había salido del baño. Su pelo rubio estaba más oscuro debido a que ahora se encontraba mojado. Se había vuelto a vestir, pero su sujetador negro parecía haber desaparecido. A pesar de la tenue luz pude distinguir sus pequeños pezones marcando la fina tela trasparente. No tenía unos pechos tan grandes como Myriam, pero eran más bonitos.

***

Alex me escrutaba ansioso desde la barra. Podía ver su mirada fija en mis pechos. Haberme desprendido del sujetador había hecho que en apenas un segundo se centrara solo en mí. Me acerqué despacio hasta donde se encontraba, quería provocarle y sabía que la tenue iluminación me ayudaría a conseguirlo. Le besé en los labios para que sintiera mi ansia con un solo gesto. Su sabor era amargo debido al vodka y no dude en introducir mi lengua dentro de su boca para poder empaparme de él. Sus manos intentaron atraparme en un abrazo, pero me zafé de él y me alejé despacio. Caminé descalza sobre el frío suelo hasta llegar a la pared de cristal. Aquella zona me gustaba porque te hacía sentir que flotabas en medio del Atrium. La parte de arriba no era tan grande como la de abajo y una pared igualmente de cristal polarizado subía dividiendo la planta por la mitad. Mi mirada se volvió hacia Alex que seguía esperando en la barra y con una señal le insinué que se acercara. Sus ojos volvieron a recrearse con mis pechos y yo podía sentir cómo mis pezones se marcaban sensualmente a través de la tela. La blusa me quedaba algo grande y sabía que a cada paso suyo mi cuerpo y mis pechos se hacían más nítidos a su mirada.

Cuando llegó a mi altura me apoyé de espaldas a la pared. Quería que me sintiera atrapada contra el cristal. Le desabroché el pantalón y lo deslicé hasta el suelo junto con su ropa interior. Su polla apareció de golpe y empecé a acariciarla despacio. Alex me miraba a los ojos cariñosamente, pero yo sabía que solo deseaba acabar con el juego y poseerme contra la pared. Su mirada bajó hasta su polla, para ver cómo mi mano la atrapaba en una suave caricia y luego recorrió mi cuerpo hasta detenerse en mis pechos. Ajustó mi ropa, haciendo que mis pezones se marcaran aún más y sintieran el tacto de la blusa. Su boca los atrapó en un ávido movimiento, mojándolos por encima de la fina tela mientras con la otra mano me desabrochaba los pantalones. Me desnudó despacio, aguantando las ganas que tendría de arrancarme la ropa, hasta que acabé completamente desnuda entre él y la pared de cristal. Me había depilado entera, sabía que aquello le encantaba y siempre era más generoso conmigo cuando lo hacía. Sus dedos rozaron ligeramente los labios de mi coño suave y noté cómo rodeaba el clítoris intencionadamente. Se llevó dos dedos a su boca para mojarlos ligeramente y volvió a rozarme para introducirlos en mi interior. Yo me dejé caer sobre su mano. Quería sentirle bien dentro y no pude evitar aumentar el ritmo de la mía, envolviendo su polla para masturbarle más fuerte. Alex respiraba entrecortadamente y se separó lo suficiente para quitarse la camisa. La tenue luz que llegaba de la parte inferior me dejó ver fugazmente, cómo sus dedos mojados de mí brillaban mientras se desabrochaba cada botón. Aquello tan solo aumentó las ganas que tenía de sentirle dentro y de atraparle en mi interior. Se separó un poco más para que mi mano soltara su polla y se arrodillo delante de mí. Me levantó en volandas con sus brazos sin apenas esfuerzo para dejarme apoyada contra la pared de cristal. Mis piernas quedaron colgadas de sus hombros y pude notar cómo mi coño empezaba a mojarse de una manera excesiva. Estaba completamente apoyada en él sintiendo el frío cristal en mi espalda e instintivamente abrí más las piernas para que pudiera jugar conmigo. Su lengua no tardó demasiado en atraparme para empezar a entrar y salir de mi coño. El calor que sentía debido a sus movimientos se mezclaba con el que me otorgaba el frío cristal. Alex empezó a moverse más violentamente, subiendo y bajando mi cuerpo atrapado entre la pared y su lengua, literalmente, me estaba follando con ella. Yo me sentía completamente entregada encima de él y en aquel momento me di cuenta de que quizá la sombra de mi espalda se podría distinguir desde la parte inferior del bar. Ese pensamiento en vez de preocuparme me excitó aún más. Agarré su cabeza con mis manos y le susurré que no aguantaría mucho más a ese ritmo. Alex no solo no se detuvo, sino que aumentó sus movimientos mientras yo solo me dejaba llevar y en unos segundos comencé a correrme en su boca. Primero sentí cómo un escalofrío recorría lentamente mi cuerpo para después terminar de golpe haciendo que me derrumbara sobre sus hombros. Solo pude agarrarle el pelo mientras le movía instintivamente y terminaba exhausta.

* * *

Sentí cómo Laura llegaba al orgasmo cuando sus manos agarraron mi cabeza y me movían sin que pudiera separarme de ella. Me encantaba hacerla llegar con la boca y que temblara para mí. Era increíble la sensación de tenerla allí expuesta contra la pared mientras sus piernas abiertas descansaban sobre mis hombros. Cuando la bajé al suelo me miró y me besó en la boca. Un beso lento y suave, mientras sentía cómo su cuerpo desprendía calor.

—Te has portado muy bien —me dijo en apenas un susurro—. Ahora te toca a ti.

Me agarró de la cintura para colocarme de espaldas a la pared. Podía sentir el calor que aún conservaba el cristal donde ella había estado apoyada. Se quitó la blusa y directamente se puso de rodillas. Su mirada se cruzó con la mía durante un segundo y comenzó a chuparme fuerte. Sus labios me rodearon la polla mojándola con su saliva. Sin duda, no quería hacerme esperar. Mis dedos se enredaron en su pelo, todavía húmedo, mientras mis manos seguían el movimiento de su cabeza. Casi toda mi polla estaba entrando en su boca en movimientos rápidos y sabía que no aguantaría demasiado. Separé a Laura un poco de mi polla mientras mis ojos la miraban de forma suplicante. Ella me sonrió y se puso de pie para llegar a mi altura.

—Vuelve a ponerme como antes —me susurró.

Volvimos a cambiar de posición para que ella quedara de nuevo contra la pared y la cogí entre mis brazos. La levanté lo suficiente para poner mi polla a la entrada de su coño y de pronto ella se dejó caer.

Pude notar cómo su calor me envolvía en un segundo mientras nuestros cuerpos se acoplaban. Empecé a moverme despacio, no sabía cuánto tiempo aguantaría en esa postura, pero los movimientos de Laura hicieron que me olvidara de todo. Unos segundos después pude sentir cómo mi polla comenzaba a palpitar dentro de ella y bajé el ritmo para evitar llegar antes de tiempo.

—Me encanta que hagas eso. Solo un poco más… dame fuerte contra la pared.

Esas palabras eran más de lo que yo podía aguantar. Comencé a moverme enérgicamente mientras Laura me rodeaba con sus brazos por encima de la espalda. Para mi alivio aquello hizo que pudiera apoyarme en la pared con mis manos y empecé a moverme más rápido sintiendo que no aguantaría mucho más. En aquel momento ella mordió mi cuello y soltó un gemido. Su coño temblaba con cada movimiento y no aguanté más. Mi polla volvió a correrse de nuevo mientras no paraba de llenarla. Ella me agarraba con fuerza, casi haciéndome daño. Podía sentir cada milímetro de su piel pegado a mi cuerpo. Mis fuerzas comenzaron a flaquear y Laura se dejó caer por la pared de cristal sin parar de moverse. Mi orgasmo terminó en el suelo con Laura encima de mí. Ella notaba cómo yo aún gemía y se movió despacio hasta que me quedé inmóvil. Sus piernas terminaron enredadas en mi cintura y sus ojos fijos en los míos.

—Aunque me hayas hecho disfrutar, no te vayas a relajar ahora —dijo riendo.

CAPÍTULO VI: DANIEL

Se acercaba la hora de cerrar y Elsa atendía a los clientes rezagados que quedaban. Llevaba buena parte de la tarde observándola y sabía que ella lo había notado. Incluso, en un par de ocasiones, me había devuelto la mirada con una sonrisa. Un corto vestido negro con un escote pronunciado adornaba su cuerpo aquella noche. El día que la conocí me había llamado la atención, pero así vestida estaba realmente deslumbrante. Seguramente las chicas le habían aconsejado con el vestuario que debía llevar el día que se estrenaba como camarera en el Atrium. Había podido disfrutar de ella detrás de la barra durante toda la tarde, pero tenía claro que en cuanto subiéramos alguno de los chicos la elegiría. Además, llevaba unas medias de liga negras que asomaban de vez en cuando por su corto vestido y sabía que Óscar no se resistiría a aquello.

Un pensamiento llevaba rondándome la cabeza desde que la había visto entrar por la puerta. Todos estábamos concienciados para aquella noche, para nosotros era como un día más con algo de trabajo extra, pero no dejaba de preguntarme si Elsa podría soportarlo. Sabía que solo estaban invitados Alex y Óscar por lo que habría un ambiente relajado, pero aun así me preocupaba su reacción. Samuel no había previsto invitar a ningún hombre más y yo me acostaría con alguna de las chicas, algo que no me desagradaba en absoluto, solían ser las mejores noches.

Me giré para observar cuánto tiempo les faltaba para subir. Myriam ya había acabado de recoger y charlaba con algunos de sus amigos que aún quedaban en la barra. Laura había terminado de servir copas y pasó al lado de mi amiga dándole una palmada juguetona en el culo.

Sin duda, a ellas tampoco les disgustaban los invitados que tendríamos aquella noche.

Laura también estaba espectacular, seguramente no quería que la nueva incorporación le hiciera demasiada sombra. Llevaba unos shorts negros ajustados con calcetines largos del mismo color que le quedaban realmente provocadores, además, una camisa blanca perfilaba su impresionante figura.

Volví la vista de nuevo hacia Elsa, sin duda, la deseaba desde el primer día que la había visto. Sus piernas delgadas, su cintura estilizada y un precioso culo no me dejaban pensar en otra cosa. En el fondo me sentía culpable por desearla mientras estaba con Ana, pero intentaba engañarme haciéndome creer que si finalmente me acostaba con ella sería por obligación, y no por placer. De pronto Myriam la cogió de la mano para llevársela escaleras arriba mientras yo las seguía con la mirada.

Mi amiga rubia se había puesto una falda oscura con una blusa roja que hacía que sus pechos destacaran aún más. Parecía que aquel día había una competición oculta por ser la más deseada entre los chicos. Aun así, y pese a que Myriam estaba preciosa, no pude apartar mi mirada de Elsa. Sus medias de liga asomaban a cada paso que daba subiendo los escalones y me regaló una última mirada antes de desaparecer por la puerta de la segunda planta.

—¿Subes ya? —me preguntó Isabel desde la caja—. No creo que esos dos aguanten mucho según se han vestido hoy nuestras chicas.

No pude evitar esbozar una sonrisa mientras me imaginaba la cara que pondrían nuestros amigos en cuanto las vieran. Terminé de recoger rápidamente y me despedí de la mujer de Samuel con un beso.

Cuando alcancé la parte de arriba me encontré con Alex y Óscar apoyados en la barra esperando a las chicas. Sin duda, éstas se habían escapado al baño. La tenue luz que subía de la parte inferior me dejó ver que todo seguía igual que siempre. Los tres sofás blancos y la tarima central se perfilaban como un escenario preparado para una gran obra de teatro. Aquellas fiestas no solían llevar un guion predefinido, pero normalmente una de las parejas comenzaba en la plataforma del medio calentando el ambiente y los demás iban sumándose al juego cómo quisieran. Sabía que Elsa, siendo la novedad acabaría con alguno de los clientes y yo me quedaría con Myriam o con Laura. En el fondo estaba contento de que Samuel no hubiera tenido tiempo de localizar a nadie más para aquella noche.

En cuanto me acerqué a la barra Alex me ofreció una copa de ron cola. Siempre vestía de traje y con camisa clara, pero aquel día iba sin corbata. Óscar, sin embargo, sí que iba trajeado, posiblemente habría estado trabajando aquella misma tarde.

—¿Qué tal el día? —me preguntó Alex con un apretón de manos.

—Bien, con la chica nueva estamos más tranquilos y no es tan agobiante —contesté.

—Samuel ha hecho un buen fichaje —dijo Óscar con una sonrisa—. ¿Tú hoy te quedas con una de las chicas? Cuando las vimos pasar... nos hemos quedado de piedra.

Nos sentamos en uno de los sofás y esperamos un buen rato a que salieran del baño.

Cuando por fin aparecieron nos dejaron absolutamente impresionados. Myriam se había retocado el maquillaje y sin duda se había quitado el sujetador ya que sus pezones marcaban su fina blusa roja. Laura se había desprendido de los zapatos y de sus shorts negros pero su camisa blanca caía lo suficiente para no dejarnos ver su ropa interior. Seguía llevando los calcetines largos que le daban un aire de colegiala sexy, pero se había desprendido de los zapatos. Cuando mis ojos se volvieron hacia Elsa me di cuenta de que ella no había cambiado su vestuario y aun así, la tenue luz que atravesaba el suelo la hacía parecer más alta y hermosa. Unos zapatos de tacón hacían que sus piernas parecieran incluso más largas y el vestido se le pegaba al cuerpo con cada paso que daba sobre el suelo de cristal. Ahora el bordado de las medias de liga era completamente visible y pude ver unas pequeñas arrugas en el vestido que indicaban que ella lo había recogido a propósito.

Se acercaron hasta donde estábamos, sin prisa, disfrutando del momento y de nuestras miradas ansiosas. Óscar no quitaba los ojos de Elsa. Ellos serían los que decidirían las parejas de aquella noche, así que intenté apartarla de mi mente.

—No está nada mal, ¿verdad chicos? —preguntó Alex moviéndose impaciente en el sofá.

Las chicas disfrutaban con aquella puesta en escena, pero tampoco querían sentirse demasiado expuestas, así que decidieron acortar nuestra espera.

—Bueno, ¿cómo lo hacemos? —dejó caer Laura mientras apoyaba una de sus piernas en la tarima para que se deslizara su camisa y pudiéramos intuir su ropa interior.

Óscar se levantó de un salto y cogió de la mano a Elsa. Aquello nos sorprendió. Todos sabíamos que él siempre elegía a Myriam y a nadie parecía molestarle. Cuando me fijé en mi amiga su cara había cambiado y su mirada mostraba una mezcla de celos y decepción. Él no pareció darse cuenta de ello y empezó a elevar sus dedos por la pierna de Elsa hasta llegar a su culo. Cuando todos esperábamos que se fueran a la tarima central Myriam rompió el silencio.

—Normalmente dejamos que los nuevos escojan pareja su primera vez.

Las palabras de mi amiga helaron el ambiente en apenas un instante. Todos menos Elsa sabíamos que aquello era una norma no escrita del Atrium. No era fácil comenzar en aquel mundo y menos delante de un montón de gente desconocida por lo que normalmente el primer día se dejaba elegir pareja a la persona que empezaba, ya fuera uno de nosotros o uno de los clientes.

Todos nos giramos hacia Óscar esperando una respuesta de su parte. Había dejado de sonreír.

—Es cierto, no me acordaba. No seré yo quien rompa las tradiciones —dijo mientras se dejaba caer sobre uno de los sofás decepcionado.

—Elsa, por favor escoge tu pareja de esta noche —dijo Alex en tono conciliador.

Ella se apartó un par de pasos para observarnos desde la distancia. Yo había estado mirándola toda la noche sin apenas respuesta, así que no esperaba que me eligiera. Pero, por otra parte, suponía que le daría más confianza que mis dos compañeros.

—Al único que conozco es a Daniel —dijo con apenas un hilo de voz.

Miré a Óscar. No parecía enfadado, pero sin duda, aquello no le había sentado demasiado bien.

—Perfecto, entonces vosotros empezaréis en el centro —dijo Laura intentando relajar el ambiente.

—Alex, a mi hoy me apetece contigo —se adelantó Myriam para sorpresa de todos mientras se sentaba a su lado y comenzaba a desabrocharle la camisa.

—Bueno —dijo Óscar intentando disimular su enfado—. ¡Pasémoslo bien!

Yo me levanté despacio del sillón, aún estaba sorprendido por la elección de Elsa y en parte me puso nervioso. No esperaba aquel giro de los acontecimientos y menos que me eligiera a mí. Cuando llegué a su altura y la cogí de la mano estaba temblando, pero sus ojos no apartaban la mirada de los míos. No sabía si yo era la mejor opción que tenía o si realmente le apetecía acostarse conmigo.

Nos colocamos en el borde de la tarima central mientras observaba cómo Myriam besaba a Alex y éste introducía una de sus manos por el interior de su blusa. Laura le estaba diciendo algo al oído a Óscar mientras se acomodaban en otro de los sillones.

—¿Se supone que tenemos que empezar nosotros? —me dijo Elsa en apenas un susurro—. ¿Hacerlo delante de todos?

—Sí, en teoría los demás esperan mientras la pareja del centro empieza el juego. Pero se ve que no se han podido aguantar —dije riéndome.

—Pero… —Me dijo ella aún dubitativa.

—Tranquila, si ellos están a lo suyo apenas nos prestarán atención.

Elsa asintió no muy convencida y yo intenté calmarla con una caricia en la mejilla. Aquella situación no solía ser agradable para nadie, al menos la primera vez, pensé sonriendo para mí.

La blusa de Myriam ya estaba en el suelo y Alex disfrutaba de sus pechos besando uno de sus pezones mientras mi amiga intentaba desabrocharle los pantalones. En el otro sofá Laura estaba sentada a horcajadas encima de Óscar, parecían entretenidos y no nos prestaban mucha atención.

—¿Lo ves? —le pregunté señalando con la cabeza a nuestros compañeros—. Ellos están a lo suyo. Tú solo mírame a mí y olvídate del resto. Piensa que si estás temblando no me sentiré cómodo contigo...

La verdad es que Elsa estaba preciosa con su vestido negro y sus medias de liga, pero aquella situación y el hecho de que ella estuviera tan nerviosa me habían dejado frío. Sin apartar la mirada de mis ojos me agarró de la mano para llevarla directamente hasta su coño. Sí que se había tomado en serio que me animara, pensé para mí.

—Me he quitado la ropa interior hace un rato detrás de la barra —me dijo en un susurro—. Pero ya veo que no te has dado cuenta.

Su reacción y osadía me hicieron excitarme en apenas un segundo. ¿Cómo podía no haberme dado cuenta? Recordé las veces que se había agachado a colocar algunas cajas, pero no había visto nada fuera de lo normal.

—No me lo creo, lo dices solo para provocarme —le contesté mientras empezaba a jugar con ella por debajo de su vestido.

No estaba completamente depilada y dos finas líneas de vello rodeaban los labios de su coño. Podía sentirlo ligeramente húmedo y me acerqué más a ella para meter suavemente un dedo en su interior.

—Puede ser, o quizás lo acabo de hacer en el baño —me dijo riendo—. Pero de lo que deberías estar seguro es que si estoy así es por ti y por las miradas que hemos cruzado esta tarde.

Seguramente me había mentido y se había quitado la ropa con las demás un minuto antes, pero aquel juego había conseguido que mi polla palpitara de deseo. Volví a mirarla a los ojos mientras mis dedos jugaban por dentro y por fuera de su coño, acariciando casi con devoción su piel suave. Elsa se acercó lo justo para que sintiera su cuerpo pegado al mío y me besó. Yo llevaba toda la noche anhelando su boca y saqué mi mano para agarrarla de la cintura y apretarla contra mí. Empezó a jugar con su lengua por el exterior de mi boca, rozando mis labios… dejando un cálido rastro de saliva a su paso. Mis manos subieron por su vestido notando el suave tacto de su piel a través de la tela.

Después de unos minutos que me parecieron ínfimos me obligó a sentarme en la tarima poniendo sus manos sobre mis hombros. Deslizó uno de los tirantes de su vestido para luego hacer lo propio con el otro y dejó que se deslizara insinuante hasta caer en el suelo de cristal. Mi mirada se recreó con cada curva queriendo saborear cada milímetro de su piel. Elsa continuó desabrochándose el sujetador para quedarse completamente expuesta en medio de la sala. Sus pechos parecían incluso más grandes y hermosos que cuando estaban ocultos bajo la fina tela negra. Era realmente preciosa. Mi boca abierta le dio a entender que me había impresionado. Hacía unos minutos trabajaba con ella detrás de la barra y ahora estaba completamente desnuda enfrente de mí. Pude ver el vello que apenas unos segundos antes había rozado con mis dedos, dos finas hileras que ocultaban toda su intimidad.

Se acercó a mí de nuevo y lentamente descendió hasta ponerse de rodillas. Agarró mi cinturón confiada, pero no consiguió desabrocharlo, sus manos aún temblaban. Una mirada de súplica bastó para hacerme saber que necesitaba ayuda. Cuando le ayudé con el cierre me quitó los pantalones y yo aproveché para averiguar qué hacían los demás.

Myriam estaba tumbada en el sofá chupando la polla de Alex mientras este alternaba su mirada entre Elsa y mi amiga. Óscar parecía entretenido con los pezones de Laura mientras ella continuaba moviéndose encima de él, pero ahora completamente desnuda. Sus movimientos rítmicos dejaban intuir que estaba deslizando su coño sobre él para excitarle hasta el límite.

Mi mirada se volvió hacia Elsa en cuanto noté cómo su mano agarraba mi polla. No la tenía demasiado dura y sus ojos parecieron mirarme con un aire de decepción.

—¿No te pongo? —me preguntó con un hilo de voz.

—Claro que sí, lo que pasa es que te noto nerviosa y sé que para ti esto es una situación difícil —contesté sincero.

—Contigo es más fácil —me respondió.

Su boca se deslizó por mi polla y comenzó a chuparme, casi con rabia. Me sorprendió su reacción durante un instante, pero me dejé llevar cuando me atrapó completamente moviéndose deprisa. Se me puso realmente dura en apenas unos segundos y cada vez le costaba más metérsela en la boca, pero aun así no perdió el ritmo. Mi polla empezó a chorrear por momentos y Elsa la sacó mientras sus ojos seguían fijos en los míos. Hábilmente presionó con un dedo lo suficiente para que un par de gotas salieran de mí y pasó su lengua atrapándolas. Aquello hizo que mis pulsaciones aumentaran exponencialmente. El ansia que sentí el día que la conocí me inundó y solo deseaba poseerla en aquella tarima de cuero blanco. La levanté del suelo con fuerza para después dejarla caer sobre el mueble y poder atraparla con mi cuerpo. Ella no apartaba la vista de mi polla y empecé a besarla el cuello mientras mis labios dejaban intencionadamente un rastro de saliva por su piel. Mis manos se deslizaban por sus grandes pechos rozándolos cada vez con más presión y puse mi polla mojada entre los labios de su coño para empezar a deslizarla con facilidad, sin llegar a penetrarla. Mi boca seguía jugando por su cuello, sintiendo el sabor de su piel, dulce y suave a la vez. Agarró mi polla con la mano para ponerla en la entrada de su coño, pero me aparté justo a tiempo para que no consiguiera metérsela.

—Ten paciencia —conseguí decir en apenas un susurro.

Mis labios seguían saboreando su cuerpo cuando empecé a descender por sus pechos. Me recreé en ellos rodeando los pezones para más tarde, empezar a chuparlos con fuerza. Una de mis manos bajó hasta su coño y después de acariciarla suavemente rozando su clítoris deslicé dos dedos hacia su interior. Estaba realmente mojada y aquello no hizo más que ponérmela aún más dura. Una de sus manos consiguió agarrarme la polla y empezó a masturbarme. Yo hacía lo propio con ella mientras mi boca no paraba de probar e intentar atrapar sus pechos.

Volví mí mirada un instante para ver cómo Laura se movía frenéticamente encima de Óscar. No tardarían mucho en acabar. Myriam, en el otro sofá, estaba ahora a cuatro, mientras Alex la penetraba. El movimiento hacía que las tetas de mi amiga se movieran al mismo ritmo que sus embestidas mientras él intentaba, sin éxito, atraparlas con sus manos.

Cuando volví la vista a Elsa tenía la mirada fija en Myriam, así que puse mi polla en la entrada de su coño y sin que lo esperara la metí de golpe. Al principio gimió algo fuerte y nuestras miradas se volvieron a cruzar. Yo había parado, dejando mi polla completamente dentro de ella. Quería sorprenderla, pero su gemido me había preocupado. Su mano agarró mi culo y abrió aún más las piernas dándome a entender que siguiera.

Estaba realmente húmeda y mi polla se deslizaba con relativa facilidad. Me movía despacio, haciendo que sintiera todo mi cuerpo deslizándose sobre el suyo. Elsa me mordía el cuello sin apretar demasiado y sus piernas me atrapaban sin dejarme sacarla en exceso. Podía notar cómo contraía los músculos de su coño para darme aún más placer y la volví a mirar a los ojos.

—No creo que aguante mucho —dije en apenas un susurro.

Ella sonrió divertida y para mi sorpresa una de sus manos descendió hasta su coño para empezar a masturbarse. Aquella imagen y ver cómo entraba toda mi polla mojada dentro de su cuerpo hizo que no aguantara más y empezara a correrme. Mis movimientos empezaron a ser más profundos y sentía cómo mi polla palpitaba en su interior. Elsa empezó a gemir mordiéndome más fuerte el cuello, casi haciéndome daño y solo pude aumentar el ritmo con un último esfuerzo mientras ella apretaba su coño contra mí cuerpo. No me soltó hasta que los dos paramos de temblar y por fin nos dejamos caer exhaustos encima de la tarima.

Myriam y Alex seguían con un ritmo frenético en la misma postura, pero los dos parecían a punto de terminar porque nos miraban respirando con dificultad. Laura y Óscar, sin embargo, ya habían acabado, aunque la mano de él seguía jugando con los pechos de ella, mientras mi amiga continuaba acariciándole.

Mis ojos se volvieron a cruzar con los de Elsa. Sus brazos me mantenían atrapado contra ella y podía sentir todo el calor que su cuerpo desprendía. Me besó una vez más mientras me acariciaba la espalda y después centró su atención en Myriam.

Mi amiga cada vez gemía más fuerte y por un momento vi cómo su mirada se clavaba en Óscar. Un segundo más tarde los dos se mezclaron en un grito extenuante para después derrumbarse sobre el sofá.

Parecía que todos habíamos acabado y Elsa volvió a centrar su atención en mí. Me rozó cariñosamente la cara con el dorso de su mano y nos regalamos un último beso.

CAPÍTULO VII: MYRIAM

Llegué después de comer al Atrium. Laura, Daniel y Elsa se habían ido a la exposición de Barcelona y me había quedado a cargo del bar. Debía tenerlo todo limpio y recogido para poder abrir y solo faltaban un par de horas.

Por otra parte, no dejaba de darle vueltas al asunto de Gonzalo. Al final se lo había contado a Samuel, pero no sabía si había sido buena idea. Nos trataba bien, sin embargo, no dejábamos de ser unos críos que estábamos originando problemas en uno de sus negocios. Daniel fue quien me animó a contárselo. Lo conocía mejor que nadie, así que intenté pensar que me ayudaría.

Había dejado la puerta del bar abierta. Sabía que Marta, la hija de Isabel, aparecería en cualquier momento para ayudarme con todo aquello. Esa noche ella se quedaría conmigo en la barra echándome una mano. Era algo excepcional, pero siendo domingo no habría demasiados clientes.

Aún no sabía si Óscar se pasaría a la hora de cerrar. No habíamos hablado desde la noche anterior, en la que yo, por despecho, había escogido a Alex.

Empecé a rellenar las cámaras y cuando fui al almacén a dejar una caja de botellines me pareció escuchar unos pasos. Levanté la vista del suelo y mi mirada se dirigió a la pista de baile, pero todo parecía en calma. Había poca luz en el interior del bar, así que me dirigí al cuadro de luces para iluminar la planta baja, seguramente aquello me tranquilizaría.

Cuando levanté el piloto de las luces el chasquido hizo que me asustara aún más. Intenté calmarme apoyándome en la pared y después de un par de segundos conseguí dejar de temblar. Cuando me giré para volver al bar mi cuerpo se paralizó. Ahí estaba él, de pie, vestido entero de negro y observándome con una sonrisa.

—Gonzalo… ¿Qué haces aquí? —pregunté con apenas un hilo de voz.

—He venido para ver cómo estabas —me respondió desnudándome con la mirada.

Aquel día llevaba puestos unos vaqueros y una camiseta blanca de tirantes y noté cómo sus ojos se clavaban en mis pechos. Un escalofrío recorrió todo mi cuerpo e instintivamente cerré los brazos como si aquello me protegiera de su ávida mirada.

—Pablo no está aquí, por si has venido a buscarle —le corté mientras intentaba salir por la puerta.

Su cuerpo se cruzó en mi camino evitando que saliera y su cara se quedó a pocos centímetros de la mía.

—Ya lo sé, precisamente por eso he venido y también sé que tu amiguito Daniel se ha ido a Barcelona con la otra chica —me contestó sin dejar de sonreír.

—¿Y qué es lo que buscas ahora? —pregunté de forma brusca, intentando ocultar el miedo que sentía.

—Lo mismo que la última vez —me contestó mientras con sus manos agarraba uno de mis pechos.

—¡Para! —grité alejándome de él—. El otro día quedamos en que solo pasaría una vez, y ya he pagado por tu silencio.

—Sí, pero lo he pensado mejor y quiero más. Es eso, o contarle a Pablo, o directamente a tu padre, que eres una vulgar puta.

—¡Cállate! —le grité dándole una bofetada.

Aquello hizo que me devolviera el golpe y su sonrisa desapareciera. No pude evitar caerme de espaldas y me quedé mirándole desde el suelo mientras mi cuerpo comenzaba a temblar de miedo. Gonzalo no pareció rendirse y me levantó con fuerza. Sus ojos ahora parecían inyectados en sangre y me di cuenta de que haberle golpeado no había sido una buena idea.

—Vas a hacer lo que yo te diga. ¿Queda claro? Por las buenas, o por las malas.

Asentí mecánicamente mientras asumía que Gonzalo sabía que haría lo que él me pidiera con tal de preservar mi secreto. Su mirada se tornó de la ira al deseo en cuando una de sus manos volvió a posarse sobre mis pechos.

—El otro día hice todo lo que quisiste —volví a suplicar de forma desesperada.

—Es verdad, y lo hiciste tan bien, que necesito repetir.

Sus palabras y su cruel sonrisa no hacían más que aumentar mi odio y el dolor que sentía en mi interior.

—¿No le importa Pablo? ¿Ni tan siquiera tu mujer? —pregunté mientras mis lágrimas caían resbalando por mis mejillas.

—Mi esposa no tiene estos pechos, y por supuesto, no hace ni la mitad de las cosas que tú me puedes hacer —me contestó mientras no dejaba de manosearme.

Hacía un par de semanas Gonzalo me había llamado al móvil. Me preguntó si podía pasar a recoger a Pablo por una de sus oficinas y aunque al principio me resultó extraño que no fuera mi novio quién me llamara, decidí acercarme. Cuando llegué al edificio la secretaria me llevó directamente a uno de los despachos. En cuanto atravesé la puerta de aquel lugar supe que Pablo no había estado allí en toda la mañana y tan solo me encontré a Gonzalo. Al principio me trató de manera amable, pero cuando quise irme, comenzó su chantaje. Me amenazó con contar mi vida en el Atrium y no tuve más remedio que acceder a sus exigencias, con la esperanza de que él cumpliera su palabra.

No era la primera vez que me acostaba con un hombre de su edad, pero la forma que había usado para conseguirlo me daba asco. Gonzalo estaba acostumbrado a obtener todo lo que deseaba, pero aquella vez había ido demasiado lejos.

Sus manos siguieron manoseando mis pechos de forma brusca y su mirada no se apartaba de ellos. Me levantó la camiseta mientras yo permanecía inmóvil, derrotada, quería que aquello terminase cuanto antes.

Durante un segundo pensé en gritar, pero me percaté de que estando allí metidos nadie escucharía mis gritos. Además, si escapaba sabía que el cumpliría su amenazada y se lo contaría todo a mi padre y a Pablo.

Gonzalo seguía indiferente a mis pensamientos y me bajó los tirantes del sujetador para sacar mis pechos.

—¡Colabora! —me soltó en tono amenazante.

—¿Qué pasa? ¿Qué no se te pone dura? —le contesté mientras mis lágrimas no cesaban de caer por mis mejillas.

—¿Quieres que te vuelva a pegar? O mejor aún, ¿prefieres que cuente todo lo que sé? —me espetó gritando.

No podía sentirme más asqueada y al mismo tiempo más atrapada. Si había una persona a la que nunca había soportado era precisamente a Gonzalo. Y ahora, me tenía allí, a su merced, sin poder hacer nada por evitarlo. Mis ojos bañados en lágrimas continuaban mirando al vacío mientras él comenzaba a chuparme de manera brusca los pezones y me forzaba a posar mi mano sobre sus pantalones. Yo obedecí sin apenas resistencia, aún podía sentir el calor que emanaba de mi mejilla debido a la bofetada que me había propinado.

—¡Vamos! Ponle más ganas —me dijo obligándome a arrodillarme.

Se bajó toda la ropa y comenzó a masajear su polla flácida delante de mi cara. Yo no podía reprimir un gimoteo lastimero, sabiendo que estaba condenada a obedecerle.

Cuando por fin mi cuerpo se rindió y agarré su miembro como un autómata escuché unas voces que procedían del bar. Gonzalo también parecía haber oído algo, ya que se subió los pantalones rápidamente mientras me fulminaba con la mirada. Yo me incorporé como pude e intenté recomponer mi ropa lo más deprisa posible.

—¿Quién es? —pregunté mientras seguía ajustándome la camiseta y me secaba las lágrimas con ella.

—Soy Marta, ¿dónde estás? —. Su voz me sonó como un grito de salvación—. Me ha mandado mi padre para ayudarte.

—Ahora salgo, estoy en el almacén colocando unas cajas —contesté mirando a Gonzalo sin poder evitar una mirada de desafío.

—Esto no ha acabado —me espetó mientras salía de la sala.

Cuando Gonzalo desapareció por la puerta respiré hondo. Sabía que me había salvado por muy poco de aquel miserable, pero no sabía por cuánto tiempo. Mi cabeza bullía en un millón de pensamientos y salí del almacén con una caja llena de botellines.

—¡Hola! —me dijo Marta acercándose hasta donde me encontraba—. ¿Quién era ese hombre que acaba de salir zumbando?

—Un proveedor —contesté intentando pasar a su lado sin que me viera la cara—. Hay que recoger todos los vasos y rellenar las cámaras antes de abrir.

—Vale, no hay problema —me contestó mientras me seguía con la mirada—. Pero me estás ocultando algo.

—¡A trabajar! —le dije de forma brusca sin girar la cabeza.

Apoyé la caja en la barra para sacar mi móvil y escribir un mensaje:

—"Necesito tu ayuda. ¿Vas a venir esta noche?"

CAPÍTULO VIII: LAURA

Los zapatos me estaban matando. Llevaba desde las dos de la tarde en el stand que me habían asignado y aunque solo quedasen diez minutos para cerrar no aguantaba más. Apenas conocía la marca de coches para la que trabajaba, pero necesitaba el dinero y no había podido rechazar el trabajo que Samuel nos había ofrecido.

Elsa había estado toda la tarde paseando entre los diferentes puestos, acompañando a grupos de hombres impolutamente trajeados, que la desnudaban con la mirada descaradamente. Daniel, sin embargo, estaba en uno de los stands de información. Había pasado un par de veces delante de mi puesto, siempre dedicándome alguna sonrisa amable ante mi mirada de cansancio.

Los azafatos de la exposición llevaban un traje negro y una camisa blanca adornada con una corbata oscura mientras que las chicas, como siempre en aquel tipo de eventos, teníamos que llevar un vestido bastante corto. Además, una pequeña abertura en la parte inferior hacía que los visitantes no nos quitaran ojo en cuanto nos sentábamos en uno de los taburetes del mostrador. De ahí, que me hubiera pasado la mitad de la tarde de pie y que ahora me sintiera demasiado cansada y con los pies doloridos.

Volví a ver a Elsa caminando por el lateral del pabellón, la acompañaba Daniel y se les veía entretenidos, riéndose de forma relajada. Se notaba que los dos habían conectado desde el primer día y en ese momento un hormigueo de celos recorrió mi cuerpo. La verdad es que nunca me había fijado en Daniel, pero desde que Elsa había aparecido, mis sentimientos habían cambiado. Además, él solía ser mi pareja de juegos cuando había pocos chicos y parecía que a partir de ahora tendría que empezar a competir para conseguirle.

En el momento en que mi mente me devolvió al pabellón, les localicé cerca de la cafetería. De pronto, a Elsa se le cayeron unos cuantos folletos al suelo. No fue difícil de imaginar que lo había hecho a propósito cuando el borde de unas medias de liga apareció estratégicamente a la vista de todos. Daniel la seguía con la mirada y yo no pude reprimir una mueca de rabia.

Cerré los puños de forma inconsciente y mi atención seguía clavada en ella cuando mi amigo se giró hacia mí y me volvió a dedicar una sonrisa. Yo cambié mi cara y sonreí de manera impulsiva, pero sabía que me había visto dedicarle a Elsa una mirada desagradable.

Cuando desaparecieron por una de las puertas laterales se apagaron casi todas las luces del pabellón. Por fin daban por finalizado el día y después de resoplar debido al cansancio acumulado empecé a recoger el stand. Mis dos compañeras ya se habían ido y me tocaba dejarlo todo preparado para el día siguiente. Cogí las llaves de los vehículos y me acerqué uno a uno para empezar a cerrarlos. El último coche que me quedaba por cerrar era el de la zona central y cuando me acerqué a él, el resto de las luces se apagaron.

—¡Joder lo que hacen para ahorrar! —maldije en voz alta.

Además, el mando a distancia no parecía funcionar y me aproximé hasta que estuve a pocos centímetros de su puerta. Pero, o me había confundido de llave, o se había quedado sin pilas, ya que no parecía reaccionar.

—Bueno, ¡lo que me faltaba! —exclamé.

Di un pequeño golpe a la chapa como si aquello me fuera a ayudar y en ese momento unas manos me empujaron contra el coche. Me sorprendió aquel contacto inesperado y reaccioné de una forma brusca intentando revolverme, pero el desconocido se había esperado mi movimiento ya que me agarró con fuerza y no pude zafarme de él ni darme la vuelta. Mi cuerpo empezó a temblar hasta que un aroma familiar inundó mis sentidos.

—Tranquila Laura, que soy yo —me dijo una voz conocida.

Era Daniel quién me tenía atrapada entre el coche y su cuerpo y la presión de sus manos disminuyó.

—¿Te he asustado? —me preguntó ahora más preocupado.

—¡Sí, idiota, podías avisar! —le dije mientras intentaba cerrar el coche.

Ahora notaba su cuerpo detrás del mío, pero sus manos se deslizaron despacio hasta mi cintura para intentar calmar mis nervios. Noté su perfume invadiéndome y cómo su boca se abría paso a través de mi pelo para atrapar mi cuello en un cálido beso.

—Estás más bobo... ¿qué haces ahora? —le dije riéndome.

—Es que te he visto un poco celosa y he decidido equilibrar las cosas —me respondió.

—¿Y quién te ha dicho que lo necesite? —le contesté algo brusca.

—Que aún no te has dado la vuelta y ahora nadie te lo impide —me rebatió mientras su boca seguía deleitándose con mi cuello.

Dejé las llaves encima del capó y agarré con mis manos la cabeza de Daniel. El olor familiar de su presencia hizo que mi piel recordara cada una de sus caricias. En tan solo un segundo me olvidé de toda la tarde que había soportado.

Una de sus manos se deslizó hacia uno de mis pechos y la otra bajó hasta mis piernas. Intenté darme la vuelta, pero una ligera presión de su cuerpo me dejó entrever que el juego aún no había acabado. Sus besos continuaban saboreando mi cuello y pude sentir cómo sus dedos acariciaban el interior de mis muslos hasta que desaparecieron por completo debajo de mi vestido. Introdujo su mano dentro de mis medias y comenzó a rozarme directamente el clítoris. Estaba completamente depilada y supe que Daniel lo había notado cuando su dedo se deslizó pausadamente por los labios de mi coño. Sus movimientos eran lentos, apenas rozándome, como si tuviéramos todo el tiempo del mundo. Normalmente me gustaba empezar despacio, pero según me había abordado y saber que estábamos en medio de aquel lugar hacía que mi cuerpo anhelara ir más rápido y fuerte.

Por fin, se apartó lo suficiente de mí para que pudiera darme la vuelta y alcancé su boca con avidez. Mientras nos fundíamos en un beso cálido mi mirada se perdió por el pabellón. Ya estaba prácticamente sin luz y tan solo se distinguían algunas sombras en movimiento de la gente rezagada. Aun así, a cada segundo que pasaba mis ojos se acostumbraban más a la oscuridad y empecé a sentir que de un momento a otro seríamos visibles a todo el mundo.

Imaginar que a cada instante estábamos más expuestos a cualquiera que pasara por allí tan solo aumento más mi ansia por hacerlo allí mismo. Mis manos empezaron a buscar su polla y no tardé mucho en encontrarla bien dura bajo sus pantalones. Comencé a acariciarla por encima de la suave tela y empecé a oír cómo su respiración se entrecortaba mientras su cuerpo buscaba el contacto con el mío.

Daniel no perdía el tiempo y deslizando los tirantes de mi vestido lo dejó a la altura de mi cintura para después desabrocharme el sujetador. Mis pechos quedaron a la vista de cualquiera y comenzó a rozarlos ligeramente con las yemas de sus dedos. Seguramente el movimiento de nuestros cuerpos ya sería visible desde la mayor parte del pabellón, pero me dejé llevar y me olvidé de todo.

Conseguí aflojar su cinturón y mi mano se deslizó dentro de su ropa. Su polla estaba realmente dura. Sin duda, verme allí expuesta le había puesto muy cachondo. Daniel volvió a girarme para ponerme de nuevo contra el coche y mis pezones rozaron el frío cristal de la ventanilla. Levantó mi vestido de forma hábil mientras me rozaba el culo ligeramente con su cuerpo. Al instante entendí que solo me había girado para deshacerse de mis medias y de mi ropa interior de la forma más rápida. Cuando consiguió dejar todo en el suelo subió lentamente, dejándome disfrutar de cada mínimo roce de su cuerpo contra el mío.

—Entra en el coche —me dijo en apenas un susurro.

Abrí la puerta como pude y él me giro para que volviéramos a besarnos mientras me tumbaba en el asiento del conductor. Su lengua jugaba con la mía en una lucha frenética mientras mi cuerpo ansiaba sentirle dentro. En aquel momento me di cuenta de que la luz interior del coche se había encendido y alargué la mano para apagarla antes de que alguien nos descubriera. Mi vestido estaba completamente enrollado en mis caderas y mis pechos brillaban debido a la luz. No podía dejar de temblar, por una parte, tenía miedo de que nos descubrieran, pero al mismo tiempo ese pensamiento hacía que me excitara.

Cuando al final conseguí apretar el botón de apagado noté una agradable sensación en mi coño. Daniel estaba de rodillas fuera del coche y su cabeza entre mis piernas. Su boca saboreaba lo que minutos antes solo había rozado. Su lengua empezó a jugar conmigo rozando alternativamente los labios de mi coño dejando un ligero rastro de saliva. Podía sentir cómo rodeaba mi clítoris para provocarme y hacerme anhelarlo con más intensidad. Sabía que disfrutaba de la suavidad de mi coño y acariciaba casi con devoción cada milímetro de mi piel mientras seguía mojándome progresivamente. Su lengua pasó de nuevo por mi punto más sensible para deslizarse completamente dentro de mí. Empezó a jugar en mi interior, sin importarle lo húmeda que estaba, incluso parecía disfrutar de tenerme tan excitada. Su lengua volvía a salir en ocasiones para rozarme ligeramente el clítoris y después introducirla cada vez más en mi interior, casi follándome con ella.

Empecé a temblar notando que llegaba a un orgasmo increíble. Daniel pudo sentir que mi cuerpo se tensaba y no solo no paró, sino que me agarró del culo para poder meterse aún más dentro de mí. No pude contener un par de gemidos y me relajé de nuevo sobre el asiento mientras mis sentidos se olvidaban del mundo por un instante.

Estaba exhausta cuando Daniel me levantó tomándome delicadamente de la mano. Al incorporarme, mi vestido cayó al suelo y me di cuenta de que estaba completamente desnuda en medio del pabellón. Mis muslos mojados brillaban bajo la tenue luz de las pocas luces que quedaban.

Agarré sus pantalones y los deslicé hasta el suelo haciendo que su polla apareciera de golpe. Sin duda había disfrutado conmigo ya que seguía completamente empalmado. Arranqué su camisa haciendo que los botones cayeran sobre el suelo y pude oír cómo sonaban al caer. Mi mano atrapó su polla y empecé a masturbarle deprisa. Daniel me empujó contra la puerta trasera del coche. Pude sentir el metal frío en mi culo y cómo él volvía a rozar mi coño empapado con uno de sus dedos. Un rápido vistazo por encima de su hombro me dejó ver cómo seguía pasando gente a escasos metros de allí. Confiaba en que la oscuridad aún nos mantuviera ocultos, pero realmente ya no me importaba que alguien nos descubriera.

Mi pensamiento volvió a su polla cuando una sensación cálida mojó mi mano. Daniel estaba a punto de correrse y unas gotas de semen cayeron en el suelo. Fue entonces cuando me levantó agarrándome de los hombros hasta que su polla se metió entre mis piernas. Yo era más baja que él y cuando me dejó caer los labios de mi coño atraparon su miembro empapado. Estaba prácticamente apoyada en él sin que llegara a penetrarme.

No podía estar más excitada y casi me avergonzaba lo empapada que me encontraba. Me deslicé sobre él, resbalando por su polla. Daniel me ayudaba con sus manos a moverme y en uno de esos movimientos, casi sin pretenderlo, su polla entró de golpe. En vez de parar, volvió a cogerme de los hombros para levantarme y me dejó caer de nuevo sobre él. Esta vez, el gemido que me provocó fue demasiado fuerte, pero ya no me importaba nada. Mi culo apoyado contra el frío cristal del coche y el calor de su polla me hacían sentir un contraste inexplicable. No podía dejar de moverme mientras agarraba sus brazos tensionados debido a que me tenía atrapada contra la puerta. Me empezó a besar la cara, el cuello, los pechos… mientas yo buscaba penetraciones cada vez más profundas. Quería que terminara muy dentro de mí.

—Córrete mucho. Te lo has ganado —le dije al oído mientras le ayudaba a hacérmelo aún más fuerte pasando mis brazos alrededor de su cuello y me quedaba prácticamente colgada de él.

Daniel no tardó en empezar a respirar entrecortadamente y me dejó caer de golpe sobre su polla empapada. Siguió moviéndome enérgicamente contra el coche hasta hacerme temer que la ventanilla no aguanta nuestro ímpetu. Cuando por fin sentí cómo su polla palpitaba dentro de mí volví a tener un intenso orgasmo que me hizo temblar de pies a cabeza. Me agarré aún más fuerte a sus brazos, casi clavándole las uñas, mientras con un último esfuerzo me dejaba caer una vez más sobre él para sentirle lo más dentro posible.

Ahora sí que estaba segura de que mis gemidos se habían escuchado en todo el pabellón.

CAPÍTULO IX: DANIEL

Llegamos al hotel sobre las once de la noche. Estaba en pleno centro de Barcelona y la habitación que nos dieron tenía una cama de matrimonio y un aseo bastante espacioso. No me costó demasiado, así que nos sorprendió lo amplia que era. También había un armario doble para guardar la ropa y un pequeño sofá que se encontraba entre la puerta de entrada y la del baño. Ana había estado de turismo por la ciudad mientras yo trabajaba en la exposición del automóvil. Necesitaba el dinero, y aún estaba pendiente de la entrevista de trabajo que tendría la semana siguiente.

Cuando me deshice de mi ropa me asomé al baño. Ana se estaba duchando y me excitaba verla a escondidas mientras el agua resbalaba por su piel. La mampara de cristal no me dejaba apreciar su cuerpo nítidamente, pero la luz suave que tenía la columna de ducha le daba un aire realmente sexy. Se estaba enjabonando despacio, con sus manos deslizándose por una de sus piernas. Aún no se había dado cuenta de mi presencia y yo disfrutaba de ella en silencio. Las gotas de agua se deslizaban de forma lenta por sus hombros, llegando a sus pechos e imaginé mi lengua recogiendo cada una de ellas. Sus manos subieron hasta su sexo y comenzó a frotarse despacio. Tenía algo de vello, pero apenas podía verlo ahora que estaba completamente mojada. Su mirada se cruzó con la mía y sonrió mientras se tapaba instintivamente los pechos. No los tenía demasiado grandes, pero era una de sus zonas erógenas y aquello me excitaba. De pronto sonó mi teléfono móvil.

—¿Sí? —contesté intrigado—. No tenía el número registrado.

—Hola Daniel, soy Elsa, siento molestarte. Me ha compartido tu contacto Myriam.

—No pasa nada. Cuéntame —añadí alejándome del baño.

—Aún me encuentro en Barcelona. ¿Tú estás todavía por aquí? —me preguntó.

—Sí, estoy en un hotel cerca del centro, con Ana.

—Es que he perdido el vuelo. Sigo en el aeropuerto y la verdad es que no tengo dinero suficiente para pagarme nada —me dijo casi en un tono de súplica.

—Bueno, puedes venirte aquí. Hay un pequeño sofá en la habitación, es lo único que puedo ofrecerte.

—A mí me vale —me contestó—. Es eso, o dormir en el aeropuerto hasta mañana.

—De acuerdo, apunta.

Me acerqué de nuevo al baño donde Ana ya se estaba secando.

—Cariño, una compañera de la exposición se ha quedado tirada en el aeropuerto. ¿Te importa si se queda a dormir en el sofá? —le pregunté.

—No, mientras nos dé tiempo a echar un polvo —me contestó guiñándome un ojo.

Después de coger algo de ropa limpia me metí en la ducha. El agua relajó mis músculos calmando la tensión acumulada. Recordaba mi encuentro con Laura al final de la tarde y no podía dejar de pensar en que alguien nos podía haber sorprendido.

Ana me sacó de mis pensamientos cuando apareció desnuda por la puerta del baño y sin mediar palabra me sacó de la ducha. Comenzó a besarme atrapándome con sus labios. Su mano descendió directa hasta mi polla, agarrándola fuerte. El tacto de su piel sobre mí se me antojo suave. Su pelo mojado me rozaba el pecho y yo comencé a acariciar su espalda con la yema de mis dedos. Su boca cálida me recibía generosa mientras mi lengua no tardó en mojar sus labios. Mi polla empezaba a ponerse demasiado dura y Ana me devolvía los besos con ansia mientras me masturbaba cada vez más rápido.

Agarré su culo y acerqué su cuerpo al mío hasta notar la entrada de su coño rodeando mi polla. El poco vello que tenía me rozaba ligeramente, casi haciéndome cosquillas, y las gotas de agua que quedaban en mi cuerpo se deslizaban entre nosotros. Empecé a chupar sus pechos. Al principio solo los rozaba con mi lengua, haciendo que ella sintiera el calor que desprendía y después atrapé sus pezones con toda mi boca. Con pequeños mordiscos conseguí que empezara a gemir en apenas un segundo. Mis dedos se deslizaron por el interior de sus muslos, resbalaban con facilidad debido al agua que había en ellos, y notaba cómo buscaba el contacto directo con su coño. No la hice esperar mucho y acaricié su clítoris despacio, tan solo con dos dedos. Su mano volvió a atrapar mi polla y siguió masturbándome a un ritmo incluso mayor que antes. Bastaron unos pocos segundos de rápido movimiento para que tuviera que apartarme ligeramente de ella y no llegar antes de tiempo. Ana apoyó su culo en el lavabo abriendo un poco más las piernas, me miró a los ojos y empezó a pellizcarse los pezones para que se le pusieran aún más duros. Mi mano no tardó demasiado en deslizarse de nuevo desde su rodilla hasta su coño mojado. Nuestras miradas se cruzaron un instante mientras Ana subía un poco más una de sus piernas y me facilitaba meter mis dedos dentro de ella. Su mano seguía sobre mi polla, ahora más despacio, mientras pequeñas gotas de semen empezaban a mojarle los muslos.

Volvimos a besarnos, nuestras lenguas jugaban en una intensa pelea erótica mientras aumentábamos el ritmo de nuestros movimientos. Su boca caliente y sus labios me recibían entre jadeos y noté que estaba a punto de correrse. En ese momento, Ana se bajó del lavabo para darse la vuelta y apoyarse en él.

—¿La quieres ya? —pregunté mientras mi polla chorreaba ansiosa en la entrada de su coño.

—Sí, por favor, no me hagas esperar más —me contestó en voz baja.

Entré lentamente, disfrutando del calor que me regalaba y cuando la introduje por completo la volví a sacar despacio. Ella giró la cabeza para que nuestras miradas se cruzaran un instante. Sus ojos me hicieron adivinar qué deseaba y mis manos agarraron sus caderas para que mi polla entrara más fuerte en un solo movimiento. Podía sentir cómo gotas de mí empezaban a llenarla. Me movía lentamente mientras la sacaba para después meterla de forma rápida y profunda. Ella me agarraba del culo intentando que no saliera tanto y que continuara con un ritmo más fuerte, pero yo quería hacerla anhelar cada centímetro de mi polla. Notaba su respiración entrecortada y sabía que estaba a punto de llegar al clímax, así que cedí a sus deseos y empecé a aumentar el ritmo.

En ese momento llamaron a la puerta.

—¡Joder! —dijo Ana en un tono quizá demasiado alto.

Me dejé caer sobre Ana y estuve así un par de segundos mientras mi polla seguía palpitando a punto de correrse.

—Nos han jodido el polvo cariño —dije con apenas un hilo de voz.

—Pues sí... ponte algo y vete a abrir —me dijo con tono malhumorado

Cerró la puerta y se quedó en el baño mientras yo buscaba algo que ponerme. Encontré la toalla que Ana había usado para secarse y cuando me la ajusté en la cintura volvieron a llamar.

Al llegar a la puerta, me encontré a Elsa mirándome con cara de súplica y yo intenté recomponer la mía. Sus ojos bajaron desde mi pecho hasta el bulto que no lograba disimular la toalla.

—Lo siento… —me dijo en apenas un murmullo.

—No te preocupes, cosas que pasan—. Intenté sonreír para que no se sintiera incómoda.

— Pasa, Ana está en el baño terminando de arreglarse.

Elsa entró en la habitación y dejó su bolso al lado del sofá. Venía con la misma ropa que nos habían dado en la exposición. Continuaba con su cara maquillada y con el vestido claro acompañado de las medias de liga negras que se había encargado de enseñarme aquella tarde.

—¿Quieres tomar algo? —pregunté mientras abría el minibar y sacaba una pequeña botella de Ron.

—No gracias, me vale con que me dejes una camiseta y pueda darme una ducha.

—Sí claro, creo que tengo alguna limpia en la maleta —contesté.

Después de unos cuantos minutos más Ana salió del baño, y aunque parecía algo enfadada, fue cordial con mi amiga. En cuanto Elsa desapareció para bañarse, nos metimos en la cama.

—Aún nos da tiempo a acabar mientras se ducha —le dije rozando mi cuerpo con el suyo por debajo de las sábanas.

Al principio no estaba muy animada pero poco a poco, cuando mis dedos reanudaron las caricias se giró lentamente hasta que su boca quedó a pocos centímetros de la mía. Su mano atrapó mi polla y comenzó a masturbarme de nuevo. Yo alcancé su clítoris y volví a mover mis dedos alrededor de él. No tardamos mucho en volver a excitarnos y ella se deshizo de su camiseta y los shorts que usaba para dormir. Se revolvió para ponerse encima de mí y se dejó caer de golpe sobre mi polla. Seguía igual de mojada que hacía unos minutos y le agarré fuerte del culo con mis manos para acompañar sus movimientos. Se detuvo pensativa un instante y alargó la mano para apagar la luz de la mesita de noche.

—No quiero que tu amiga nos vuelva a interrumpir —me dijo al oído.

Me besó de nuevo mientras sus caderas no paraban de moverse en un rápido vaivén vertical. Empecé a morderme el labio debido al ritmo con el que Ana se introducía toda mi polla. Su boca descendió por mi pecho, dejando un rastro de saliva cálido en cada milímetro de piel que recorría. Mis dedos apretaban suavemente sus pezones haciendo que empezaran a ponérsele duros.

Oímos la puerta del baño y bajamos el ritmo. Aquello me dio un respiro, lo justo para poder recuperar el aliento y disminuir la presión que sentía en mi polla. No estábamos haciendo demasiado ruido, pero no sabía cuánto tiempo aguantaríamos haciéndolo de esa forma tan pausada. Podíamos oír claramente a Elsa instalándose en el sofá y eso me hizo pensar que seguramente ella también nos estaba escuchando. Ana me apretaba con su coño para compensar el ritmo lento, pero aun así pude dejar de morderme el labio completamente.

—¿Vas a llenarme así? Despacito… —Me susurró al oído—. No quiero que nos vuelva a dejar a medias.

Sus palabras hicieron que mi polla volviera a palpitar y unas gotas de semen inundaron su interior. Empecé a moverme fuerte para que las penetraciones fueran más profundas y noté como aquello empezaba a excitarla de nuevo. Nos dejamos llevar y el ruido cada vez era más fuerte y constante. Durante un segundo me pareció ver una silueta asomada en la esquina de la habitación, no podía distinguir con claridad si era Elsa, pero mi cuerpo estaba entre asustado y excitado. Cerré los ojos un instante y cuando volví a abrirlos la oscuridad inundaba de nuevo la pared. Retorné mi atención a Ana que aumentó el ritmo agarrándose al cabecero para ejercer más presión sobre mí y ya no parecía importarle nada. Ella quería llegar ya, así que agarré sus caderas y acompañé sus movimientos más profundamente. Empezó a temblar en silencio mientras su cuerpo se dejaba caer literalmente sobre mi polla y yo empecé a correrme un segundo después. Podía sentir cómo la llenaba y Ana comenzó a estremecerse alargando un orgasmo mientras notaba cómo contraía su coño, sacando hasta la última gota de mí. Sus movimientos fueron perdiendo ritmo acompañando nuestro deseo hasta que por fin se dejó caer exhausta sobre mí.

—Buff, creo que hemos hecho demasiado ruido —me dijo entre risas.

—Me temo que sí —le contesté yo—. Pero ha merecido la pena.

—Voy al baño —me dijo mientras me besaba de nuevo.

Se levantó y cerró la puerta tras de sí. Yo me incorporé de la cama despacio para intentar encontrar mi ropa interior.

—Daniel—. Pude oír la voz Elsa me llamaba en apenas un susurro.

—Dime —contesté quedándome quieto mirando a la oscuridad.

—Ven, por favor.

Me acerqué hasta el sofá con mis bóxer ya puestos. La poca luz que entraba por debajo de la puerta me dejó entrever a Elsa. Llevaba puesta la camiseta que le había prestado y que ocultaba sus generosos pechos, pero pude apreciar que no se había desprendido de las medias de liga. Su tanga se encontraba arrugado en sus rodillas y su mano se movía rápidamente sobre su coño. Estábamos justo al lado de la puerta del baño

—¿Qué haces? —le pregunté sorprendido.

—Joder, se os oía demasiado y no he podido aguantarme recordando cómo lo hicimos el otro día.

—Pero eso eran otras circunstancias —contesté con apenas un hilo de voz.

La verdad es que estaba más excitado por la situación que asustado por el hecho de que Ana pudiera aparecer en cualquier momento por la puerta del aseo. Apenas podía verla con nitidez, pero Elsa tenía las piernas completamente abiertas y sus dedos se movían deprisa masturbándose.

—Ven, por favor —me volvió a decir.

En aquel instante oí el grifo de la ducha y eso hizo que me acercara un paso más hacia ella. Me sacó la polla de mi ropa interior con la mano que tenía libre y empezó a masturbarme mientras su lengua me rozaba tan solo ligeramente. Tuve que apoyarme en el marco de la puerta del baño para no caerme. A menos de dos metros estaba Ana y sabía que podía aparecer en cualquier momento. Elsa parecía bastante excitada, sin duda nos había oído. Yo sabía que nunca me daría tiempo a correrme de nuevo antes de que mi novia terminara, pero aun así no pude contenerme y comencé a acariciar su cabeza dejando que su pelo se enredara entre mis dedos. Entonces pude oír cómo el grifo cesaba de echar agua.

—No me va a dar tiempo Elsa —dije en apenas un susurro.

Pude ver como ella sacaba mi polla de su boca para mirarme en un segundo.

—¿Sabes que tiene el sabor de Ana? —me preguntó mientras volvía a metérsela aumentando el ritmo.

Aquellas palabras fueron demasiado para mí y en apenas dos segundos me estaba corriendo de nuevo llenando su boca. Elsa comenzó a agitarse más fuerte y noté cómo arqueaba la espalda. Mis piernas empezaron a fallar mientras mi orgasmo terminaba y tuve que agarrarme más fuerte al marco de la puerta para no caerme.

No podía esperar mucho tiempo, así que en cuanto noté que ella se quedaba quieta me subí el bóxer y me senté en la cama. Un momento antes de que pudiera tranquilizar por completo mi respiración la puerta del baño se abrió y Ana llegó hasta donde yo me encontraba. Mi corazón latía a mil pulsaciones.

—¿Quieres terminar de ducharte? —me preguntó en voz baja—. Pero no hagas ruido, no la despiertes.

Asentí con la cabeza y cuando pasé al lado de Elsa me pareció verla sonreír. Tuve que esperar apoyado en el lavabo unos minutos hasta recuperar totalmente la calma.

CAPÍTULO X: MYRIAM

Tan solo quedaban un par de clientes en el bar. Marta estaba al final de la barra acabándose una copa y no parecía preocupada por si su padre aparecía y la encontraba bebiendo. Yo ya tenía suficiente de lo que preocuparme, así que mi mirada se volvió a perder en el vacío.

Había visto subir a Óscar una hora antes y sabía que estaría esperándome. No tenía claro si venía a disculparse por lo que había pasado el último día o si tan solo quería pasar un buen rato. De lo único que podía estar segura era de que podía confiar en él. Había decidido contarle el chantaje al que me estaba sometiendo Gonzalo. Él sabría qué hacer, o al menos, cómo afrontarlo. Al principio había pensado en sincerarme con Pablo, pero el miedo a su reacción me había echado para atrás.

Llevaba con la misma ropa desde por la mañana y necesitaba darme una ducha en cuanto subiera al piso de arriba. Además, sentía la necesidad de quitarme la camiseta que unas horas antes ese malnacido había manoseado. Estaba segura, Óscar se daría cuenta de que algo me pasaba en cuanto viera mi cara.

—Marta, voy a subir a limpiar la parte de arriba. ¿Terminas tú con esto y cierras?

—Sí claro, no hay problema —me contestó sonriendo.

Subí las escaleras despacio. Por una parte, deseaba soltar todo de golpe y sentirme protegida en sus brazos, pero por otro lado me sentía culpable de buscar su ayuda y no la de Pablo.

Cuando atravesé la puerta del piso superior, me lo encontré distraído con una copa en la mano. Su vista se perdía hacia el la parte de abajo. Vestía de traje impecable negro, acompañado de una camisa clara y una corbata azul. Estaba decidida a soltarle todo nada más llegar, así que debía abordarlo antes de que él pensara que aquella noche sería como cualquier otra.

—Hola Óscar, has venido —le dije mientras me acercaba al sofá.

—Claro, ¿por qué no iba a venir? —me contestó con una sonrisa que me hizo pensar que estaba haciendo lo correcto.

—Necesito tu ayuda. No sé a quién acudir.

—¿Y eso?, ¿qué ha pasado? —me preguntó mientras me indicaba con un gesto que me sentara a su lado.

Su mirada se había tornado preocupada y por un momento pensé que quizás no era una buena idea confiarle todo aquello. En el fondo, aquel hombre solo era un cliente más del bar y yo una chiquilla con problemas. Óscar me acercó una copa que tenía preparada para animarme.

—Toma, bebe un poco, y cuéntame qué te pasa. Ya sabes que puedes contar con mi ayuda.

El vodka de la copa me supo amargo, pero después de un par de sorbos me sentí mejor. Cuando mis nervios se templaron empecé a relatarle a Óscar cómo Gonzalo, el padre de Pablo, me había llamado y me había citado en una de sus oficinas para que fuera a recoger a su hijo. En el momento en el que mi historia llegó a la parte del chantaje su cara cambió. Su rostro era de preocupación, pero su mirada parecía cada vez más ansiosa. Por un instante, mi cabeza pensó que Óscar se estaba excitando con todo aquello. Otro sorbo del amargo líquido hizo que me tranquilizara y continúe hablando, pero esta vez, obviando algunos detalles. Le expliqué cómo había accedido a acostarme con Gonzalo y cómo me había prometido que solo ocurriría una vez y que guardaría mi secreto.

Volví a quedarme callada escrutando su cara y entonces su mano se posó sobre la mía. Sentí el calor que desprendía y me hizo sentirme protegida, dándome fuerzas para continuar con mi relato. Le conté el desagradable encuentro que había vivido aquella tarde y como Marta había aparecido para salvarme en el último momento. Óscar tan solo asentía mientras me miraba atentamente. Al principio había tenido la sensación de que la historia del chantaje le había excitado, pero ahora parecía absorto en mí. Su mirada se dirigía constantemente a mi copa y una sonrisa apareció en su rostro.

—Yo te ayudaré con todo esto, no te preocupes —me dijo con voz dulce.

—Sí, no sé qué hacer, ni a quién acudir. He enviado un mensaje a Pablo y ni me ha contestado... estoy tan sola.

—No te preocupes. Yo cuidaré de ti —me dijo susurrando mientras me atraía hacia a su pecho.

Cuando me recosté contra él, mi cuerpo pareció desplomarse y sin saber por qué empecé a sentirme mareada y aturdida. Asustada, intenté incorporarme, pero la mano de Óscar sobre mi cabeza me lo impidió.

—Descansa, no te preocupes por nada mi niña —me volvió a susurrar.

Apenas oía su voz. Mi mente intentaba mantenerse despierta, pero mi cuerpo no parecía responder. Notaba cómo sus dedos se deslizaban por mi pelo hasta que no aguanté más y mis ojos se cerraron.

No sabría decir cuánto tiempo estuve inconsciente, pero cuando desperté sentía la cabeza a punto de explotar. Tenía los ojos vendados y podía sentir cuerdas atrapando mis muñecas. No llegaba a entender qué pasaba, pero el miedo comenzó a inundar mi cuerpo.

Mi primer pensamiento fue pensar que Óscar me había drogado con la copa, pero me negaba a creerlo. No podía asimilar que el hombre con el que llevaba acostándome medio año fuera capaz de tal cosa. Mi cuerpo poco a poco empezó a recuperar su sensibilidad natural y me di cuenta de_que me encontraba encima de la tarima. Se escuchaban unos pasos de fondo y me revolví incómoda intentando aflojar la presión que las cuerdas imprimían sobre mis muñecas.

—Parece que ya despiertas—. La voz de Óscar se escuchaba a bastante distancia, ¿o quizás era debido al efecto de la droga que me había suministrado?

Sus palabras me parecieron profundas y lejanas, pero aun así, hicieron que mis músculos se tensaran de forma involuntaria. Pude notar cómo se acercaba y cómo sus manos comenzaron a deslizarse por mi cuerpo. Sabía que estaba completamente desnuda encima de la tarima de cuero blanco y con las dos muñecas atrapadas al borde de la estructura. Las piernas las tenía libres, pero todavía algo entumecidas. Noté su boca y sus manos por mis pechos y un sentimiento de impotencia recorrió mi cuerpo de pies a cabeza mientras sentía su respiración entrecortada sobre mí.

Después de unos segundos que me parecieron eternos, me quitó la venda que aún tapaba mis ojos y mi confusión fue total. Allí, rozándome y besándome no estaba Óscar. Era Gonzalo el que me manoseaba y lamía sin ningún pudor. Mi mente se encontraba paralizada, sin poder dilucidar qué pasaba y reaccioné soltando un grito de impotencia.

Bastó un segundo para que el padre de Pablo me cruzara la cara con una sonora bofetada mientras su dedo índice me pedía silencio posándose en mis labios. Giré la cabeza aterrorizada hasta que mi mirada encontró a Óscar, que caminaba despacio hacia la barra con el pañuelo que había tapado mis ojos aún en sus manos.

—¿Qué está pasando? ¿Por qué? —pregunté entre sollozos.

—¿Eres tonta niña? —me contestó Gonzalo riendo—. ¿Quién te crees que me contó a qué te dedicabas?

—Pero no puede ser. Óscar, yo confiaba en ti. Yo… te quería.

—¡Basta! ¡Cállate! ¿No estás con mi hijo? ¡No eres más que una puta!

La cara de Gonzalo estaba roja de ira y mis ojos se arrasaron en lágrimas, mi Mundo se había derrumbado como un castillo de naipes. Sabía que lo que hacíamos no era algo de lo que sentirse orgullosa, pero nunca había pensado que aquello acabaría de esa manera. ¿Dónde quedaba ahora la seguridad que Samuel nos prometía? ¿De qué valía en ese momento el dinero? Estaba atrapada en aquel infierno. Había confiado en el hombre equivocado y ahora le pertenecería a Gonzalo.

En aquel momento entendí que tan solo quería escapar de allí, que ningún secreto valía tanto como para soportar aquello, gritaría. Giré mi cabeza para evitar otra bofetada y aunque apenas podía ver debido a las lágrimas, me percaté de que toda la parte inferior del bar estaba a oscuras. Sabía que nadie me escucharía y mis esperanzas de librarme en aquella ocasión se esfumaron en un segundo.

Óscar seguía en la barra ataviado con su traje y mientras se preparaba otra copa parecía disfrutar del espectáculo. Gonzalo se encontraba desnudo encima de mí y comprobé horrorizada que mis gritos y mis lágrimas le habían excitado, ya que estaba completamente empalmado.

—Pero ¿por qué? —volví a preguntar a Óscar mientras le miraba de forma suplicante.

—¿Aún me preguntas por qué? —me contestó furioso—. Yo confiaba en ti. Era feliz contigo, ¿acaso te importó acostarte con Gonzalo en su despacho para pagar su silencio? Él me dijo que eras una vulgar puta y que accederías a lo que te pidiera. Yo te defendí porque pensé que serías diferente, pero me equivoqué. Gonzalo me enseñó lo que eres y cuando ayer escogiste a Alex no me quedó ninguna duda.

—Pero lo de Alex… —Respondí entre sollozos—. Solo fue porque tú querías acostarte con Elsa. Y lo del despacho… no supe qué hacer, me sentí perdida y pensé que no tenía elección.

—¡Cállate! Ahora voy a disfrutar viendo como Gonzalo me demuestra lo que eres.

Esas palabras hicieron que mis lágrimas cesaran. Estaba perdida y sola. Nadie podía salvarme de aquellos salvajes e intenté sacar fuerzas de flaqueza para rendirme a mi suerte. El padre de Pablo se tumbó encima de mí y abrió mis piernas sin apenas esfuerzo. Yo solo intentaba alejar mi mente de aquella sala. Pensé en Pablo, en las clases de medicina, en mi padre, en Daniel… y en aquel momento noté cómo Gonzalo me embestía con todas sus fuerzas. El dolor fue desgarrador y solté un grito que emergió de lo más profundo de mí ser. A él no pareció importarle lo más mínimo y siguió moviéndose mientras una última lágrima recorría mi mejilla hasta golpear en el suelo de cristal y fue en ese momento cuando le vi.

La cara de Pablo, mezclada entre la ira y el asombro, presidía el marco de la puerta. Sus puños cerrados éstaban blancos debido a la tensión y por un instante nuestras miradas se cruzaron.

Noté cómo Gonzalo se incorporaba de un salto mientras balbuceaba algunas palabras. Óscar se acercó despacio a nosotros con la copa aún en la mano.

—Hijo mío, puedo explicártelo todo…—. Apenas entendía las palabras de Gonzalo.

—No hay nada que explicar—. Pablo se acercaba deprisa con los puños preparados.

—Escúchame, es una vulgar puta —continúo su padre.

—¡Basta! Vas a pagar por esto.

—¿Pero no lo entiendes? Ella se dedica a prostituirse. Fue tu tío quien lo descubrió.

Mi cabeza bullía en un millón de pensamientos. ¿Cómo qué su tío? ¿Óscar era el tío de Pablo? No entendía nada y mi cabeza intentó razonar algo lógico, pero aquello era difícil de encajar. ¿Cómo podía ser Óscar, un cliente habitual del bar, el tío de mi novio?

Había estado acostándome con él durante seis meses y aunque no conociera mucho de su vida privada, no conseguía enlazar a Pablo con Óscar.

El ruido de los golpes que se escucharon devolvió mi atención a la sala. Mi chico aporreaba frenética y repetidamente el rostro de su padre contra el frío suelo de cristal. Gonzalo, tumbado de espaldas, parecía inconsciente y su cara se limitaba a recibir los puñetazos de su hijo.

Mi mirada se volvió hacia Óscar que pareció reaccionar intentando parar a Pablo, pero éste, lejos de detenerse, se levantó y con un grito empujó a su tío. La fuerza y el ímpetu con el que se revolvió sorprendieron a Óscar que perdió el equilibrio. Sus zapatos resbalaron debido a la sangre del suelo y cayendo de espaldas se golpeó violentamente en la cabeza contra la barra del bar. Su cuerpo se desplomó inerte sobre el suelo de cristal.

Pablo se dejó caer de rodillas encima de un charco de sangre y entonces, su mirada bañada en lágrimas se cruzó con la mía.

—Lo siento, debería haber leído antes tu mensaje.

FIN DE LA PRIMERA PARTE

TRILOGÍA: "EL OSCURO MUNDO DE DANIEL"

PARTE I: ATRIUM

PARTE II: NIOBE

PARTE III: UXUAIA

TODOS LOS LIBROS ESTÁN DISPONIBLES EN AMAZON

Diego Marqués Cabezas (ex Alejandro Guerrero Borgia) es un prometedor escritor español, que nació en el año 1984 en la ciudad castellana de Valladolid. Desde temprana edad, mostró una gran pasión por la literatura y se dio a conocer al público en 2015 con su primera novela, Atrium.

En 2018, publicó la segunda entrega de esta emocionante trilogía con Niobe, y un año después, en 2019, cerró temporalmente su etapa en el género erótico con Uxuaia, completando así la trilogía; El oscuro mundo de Daniel.

En 2020, Diego se adentró en el género policíaco con su primera novela de suspense, Remember. Ese mismo año, escribió su primer relato corto, ¿Y si no fuera el destino?, una historia emotiva que profundiza en nuestro lado más humano.

En 2021, escribe sus dos primeras novelas históricas; Lucha en la sombra, que nos sumerge en el París ocupado por el imperio nazi durante la Segunda Guerra Mundial, y American Dream 1863, una emocionante novela de superación en la que tres inmigrantes luchan por forjar un futuro en la incipiente ciudad de Nueva York, en medio de la Guerra de Secesión estadounidense.

A principios de 2022, presentó su más reciente obra, Nunca renuncies a intentarlo. Esta novela de acción, suspense y emociones no nos dará ni un momento de respiro, mostrándonos hasta dónde puede llegar el ser humano cuando se encuentra desesperado.

A lo largo de su carrera, Diego Marqués Cabezas ha demostrado una notable habilidad para explorar diversos géneros literarios y capturar la atención de sus lectores con tramas emocionantes y personajes inolvidables.

Ingeniero de profesión, Diego Marqués Cabezas es un observador incansable del mundo y su entorno. Combina la realidad con un toque de imaginación para brindarnos historias que no dejarán indiferentes. Sus narraciones, siempre en primera persona y desde el punto de vista de sus protagonistas, logran sumergir al lector en cada una de sus historias, haciendo que se sientan como propias.